MONJA LUZ
ECHO DES GLÜCKS

Monja Luz

Echo des Glücks

Roman

Lieber Thomas,

viel Vergnügen

mit meinem

Buch, viel

Kurzweil.

Liebe Grüße

Moni Luz

AAVAA
VERLAG

FBM 2021, 22.10.2021

1. Auflage 2016

Umschlaggestaltung: AAVAA Verlag
Coverbild: fotolia, Postcard with elegant flowers ,69574026, daffodilred

Printed in Germany

Taschenbuch:	ISBN 978-3-8459-1852-5
Großdruck:	ISBN 978-3-8459-1853-2
eBook epub:	ISBN 978-3-8459-1854-9
eBook PDF:	ISBN 978-3-8459-1855-6
Sonderdruck	Mini-Buch ohne ISBN

AAVAA Verlag, Hohen Neuendorf, bei Berlin
www.aavaa-verlag.com

Für meine Eltern
Christa und Heinz

April 1996

Zögernd öffnete sie die Augen. Sie lag auf dem Rücken von Dunkelheit umgeben. Ihr Kopf dröhnte, die Augen schmerzten. Langsam bildeten sich im trüben Licht die Konturen der einzelnen Gegenstände. Wo war sie? Benommen versuchte sie, Details zu erkennen. Ein Kleiderschrank, viel zu groß für das kleine Zimmer, ein umgekippter Stuhl. Bewegen konnte sie sich kaum. Bemüht, die Fassung zu bewahren, atmete sie tief und gleichmäßig. Was war hier los? Sie drehte den Kopf. Ihre Handgelenke steckten in Handschellen, die an den Gitterstäben des Bettes fixiert waren. Fesseln banden ihre Knöchel ans Fußende.

Das Bett. Es stand in der Wochenendhütte. Schon oft hatten sie darüber Witze gemacht, dass es sich ideal für Fesselspielchen eignen würde. Gestern Abend die kleine Feier. Es gab verschiedene Cocktails – alkoholfreie – sie durfte die Füße hochlegen und relaxen. Das war aber nicht hier mitten im Wald, mitten in der Wildnis, mitten im Nirgendwo gewesen. Panisch rüttelte sie an den Fesseln, drehte und wand sich, um sich zu befreien. Erfolglos. Resigniert dämmerte sie weg.

Teil 1

Februar 2013

Thorben Harth

Thorben Harth und sein Kollege Paul Becker sitzen frierend im Auto. Tagsüber liegen die Temperaturen bei fast zehn Grad plus. Doch jetzt, kurz nach zwei Uhr morgens, breitet sich die Kälte aus. Die Seitenfenster sind geöffnet, damit die Scheiben nicht von innen beschlagen. Der Kaffee ist kalt und abgestanden.

Observation eines Verdächtigen. Der Zuhälter Benno soll eines seiner Mädchen vergangene Woche zusammengeschlagen haben. Der Freier wollte ihr helfen und wurde niedergestochen. Am Tatort sagte die Frau gegen Benno aus. Sie verschwand jedoch, bevor sie ihre Aussage unterschreiben konnte. Thorben und seine Kollegen haben nichts gegen Benno in der Hand. Hegen die vage Hoffnung, dass er sie zu der Zeugin führen wird.

Ein Streifenwagen trifft ein. Thorben fängt ihn ab.

„Na, Kollegen, was gibt es?"

Dabei zeigt er den beiden seinen Dienstausweis. Die junge Beamtin lächelt ihn an: „Guten Morgen, Herr Harth. Im Haus Nr. 7 wurde eine Ruhestörung gemeldet: Sehr laute Musik und die Nachbarn glauben, Schreie einer Frau gehört zu haben."

„Nummer 7. Welche Wohnung?"

„Dritter Stock, links", antwortet der Kollege auf der Beifahrerseite.

„Da wohnt unser Verdächtiger, verdammt." Thorben winkt Paul zu. Gemeinsam betreten die Vier das Haus.

Thorben drückt sich an die Wand neben der Wohnungstür. Kein Laut ist zu hören. Mehrmals klopft die junge Kollegin an die Tür.

„Polizei, öffnen Sie!"

Im Inneren rührt sich nichts. Im Treppenhaus drängen sich die Nachbarn. Mit Handzeichen fordert Thorben sie auf, außer Sichtweite zu gehen, ohne Erfolg.

Mit müden Schritten steigt der Hausmeister die Treppe hinauf und reicht Thorben den Zweitschlüssel. Paul nickt Thorben zu und der schließt die Wohnungstür auf.

„Wir kommen jetzt rein."

Langsam öffnet er und späht hinein. Der Flur liegt im Dunkeln, unter einer der hinteren Türen flimmert blaugraues Licht. Die Kollegen nicken sich erneut zu und betreten nacheinander die Wohnung. Badezimmer und Schlafzimmer sind leer. Ein kleines Schild an der nächsten Tür verrät ihnen, dass sich dort die Küche befindet. Thorben legt die Hand auf die Klinke. Da ertönt ein unterdrücktes Stöhnen. Die junge Kollegin eilt zum nächsten Zimmer und reißt mit einer schnellen Bewegung die Tür auf. Thorben folgt ihr, will sie aufhalten.

Das Krachen eines Schusses zerreißt die Stille der Nacht. Thorben spürt einen stechenden Schmerz in der Seite, versucht, ihn zu ignorieren. Macht einen Schritt nach vorne, doch seine Knie geben nach. Rauschen in seinen Ohren übertönt alles andere. Instinktiv findet seine Hand das Zentrum des Schmerzes. Versucht, ihn mit Gegendruck zu mildern. Paul steht plötzlich neben ihm. Er scheint etwas zu sagen, Entsetzen steht in seinen Augen. Thorben folgt dem Blick seines Partners. Sieht den Blutfleck auf seinem Hemd, der sich wie eine aufblühende Rosenknospe in Zeitraffer ausbreitet. Ohnmächtig geht er zu Boden.

Christina Holzer

Das Klingeln des Telefons schreckt Christina aus dem Schlaf. Ihr erster Blick fällt auf die Digitalanzeige ihres Weckers: 3:30 Uhr. Um diese Uhrzeit hat keiner gute Nachrichten. Mit diesem Gedanken ist sie hellwach, räuspert sich mehrmals und greift zum Hörer. Die Kinder schlafen, Jana war abends gegen zehn Uhr nach Hause gekommen und Janis kurz nach Mitternacht. „Thorben hat Nachtdienst", schießt es ihr durch den Kopf.

„Ja?" Ihre Stimme klingt seltsam laut in der Dunkelheit des Schlafzimmers.

„Christina? Hier ist Paul. Es gab einen Vorfall. Du musst ins Krankenhaus kommen. Ich kann nichts Genaues sagen, aber Thorben ist bei einem Einsatz angeschossen worden. Die Rettung bringt ihn gerade ins Krankenhaus. Leider konnte ich ihn nicht begleiten, ich muss vor Ort bleiben. Ich schicke dir einen Wagen. In zwanzig Minuten vor der Tür. In Ordnung?"

„Ja", antwortet sie nach kurzem Zögern. Sie lauscht auf das Tuten in der Leitung. Paul hat ihre Antwort nicht abgewartet.

Wie in Trance steht sie auf und schaltet das Licht an. Unten im Schrank steht die kleine Reisetasche. Sie beginnt zu packen: Schlafanzug, Unterwäsche, Hausschuhe, einen frischen Pulli, den warmen dicken. Sie schwankt, muss sich halten. Ihr Blick fällt auf das Spiegelbild auf der Schranktür. Die Frau, die ihr entgegenblickt, wirkt wesentlich älter als Mitte vierzig. Dunkle Ränder unter den blauen Augen. Die Haare sind halblang und strähnig. Gesicht und Dekolleté vom Schlafen zerknautscht. Sie weiß, dass sich die eine oder andere Falte im Laufe des Tages nicht mehr glätten wird.

Christina schüttelt den Kopf, versucht, sich aufs Packen zu konzentrieren. Zahnbürste, Bürste, Rasierer fehlen noch. Sie geht ins Bad, packt die Tasche fertig. Greift in den Wäschekorb und fischt

Bluse und Rock heraus. Die Sachen, die sie gestern getragen hat. Ziemlich zerknittert. Egal. Ohne Licht an zu machen, geht sie nach unten. Hofft, dass die Kinder nicht wach werden

Plötzlich wird das Flurlicht eingeschaltet und Janas verschlafene Stimme ertönt: „Mama?"

Und wie ihr Echo ruft Janis: „Papa?"

Christina dreht sich um und blickt hinauf zur Galerie. Dort stehen die Zwillinge. Jana reibt sich den Schlaf aus den Augen. Janis dagegen scheint hellwach zu sein: „Ist was mit Papa?"

Verwundert stellt Christina wieder einmal fest, wie unterschiedlich die beiden im Charakter sind, obwohl sie sich im Aussehen so ähneln. Sie kommen nach ihrer Mutter, blonde Haare und grüne Augen. Die Statur haben sie von ihrem Vater, aufrecht und schlank.

„Ja, ich fahre ins Krankenhaus. Ich melde mich, sobald ich mehr weiß."

„Wir kommen mit", sind die beiden sich einig und verschwinden in ihren Zimmern. Resigniert zuckt Christina mit den Schultern. Es hat keinen Sinn zu diskutieren. Im Grunde ist sie froh darüber, nicht allein ins Krankenhaus fahren zu müssen. Da die Beiden nur noch das mündliche Abitur abwarten müssen, werden sie in der Schule nichts verpassen.

Christina schlüpft in ihre Sneakers, die an der Garderobe stehen. Unschlüssig blickt sie an sich herab. Die passenden Schuhe stehen wahrscheinlich im Wohnzimmer oder der Küche. Aber die Sneakers sind bequemer. Sie schafft es nicht, Ordnung zu halten. Als Geschäftsführerin einer kleinen Kellerei muss sie den ganzen Tag top fit sein. Zu Hause lässt sie dafür oft alles stehen und liegen. Thorben räumt hinter ihr her, er liebt die Ordnung.

Ein Motorengeräusch lässt sie aufhorchen. Sie schaut aus dem Fenster. Der Wagen der Zivilstreife. Mit der Reisetasche in der Hand geht sie hinaus, setzt sich auf den Beifahrersitz.

„Wir warten auf die Kinder."

Der junge Beamte vermeidet, sie direkt anzusehen, nickt nur. Christinas Gedanken schweifen ab, ihre erste Begegnung mit Thorben steht vor ihrem inneren Auge, als wäre es gestern gewesen.

Weihnachten 1987: Ihre Verlobung mit Marc, ihrem damaligen Kommilitonen. Eine Trotzreaktion auf die Ablehnung ihres Vaters, der mochte Marc nicht. Seinen Antrag hatte sie nicht gleich angenommen, sie wollte Bedenkzeit. Seine Zuvorkommenheit und Schmeicheleien genoss sie, aber liebte sie ihn? Ihr Vater lehnte ihn kategorisch ab und das machte ihn zum Kandidaten Nummer eins.

Am Silvesterabend sollte sie endlich Marcs beste Freunde kennenlernen. Obwohl sie seit einigen Monaten regelmäßig ausgingen, sprach er zum ersten Mal von ihnen. Auch seine Familie war nie Thema ihrer Gespräche. Wohl wusste sie, dass seine Mutter und Schwestern nur rund hundert Kilometer entfernt lebten, besuchen tat er sie nie. Deshalb war Christina überrascht, dass es ihm plötzlich so wichtig war, sie seinen Freunden vorzustellen.

Sie waren in einem Club verabredet. Beim Hineingehen traf Marc einen Bekannten, mit dem er ein paar Worte wechselte. Laute Musik dröhnte aus den Boxen. Christina dachte an ihren ersten Freund Maxi, der Sound war ganz sein Geschmack. Diesen Song legte er auf, um unangenehme Gespräche im Keim zu ersticken. Unbewusst suchte sie nach einem bekannten Gesicht. Ihre Augen blieben bei einem blonden Mann an der Theke hängen. Lässig stand er da und rauchte. So wie Maxi. Nicht verwunderlich, dass sie gerade heute an ihn dachte. Vor sechs Jahren hatte sie ihn in der Silvesternacht mit einer anderen erwischt. Christina beobachtete weiter den Fremden, der sich umdrehte und ihren Blick auffing. Lächelnd hob er die Hand zum Gruß. Noch bevor sich Christina fragen konnte, woher er sie kannte, sagte Marc neben ihr:

„Ach, da sind Jenny und Thorben."

Mit jedem Schritt auf die Beiden zu schlug ihr Herz schneller. Ihre Knie wurden weich. Marc stellte sie als seine Verlobte vor. Das ärgerte Christina, besonders weil seine Freunde offensichtlich nichts von ihr wussten.

Während Jenny sie von oben bis unten musterte, bot Thorben ihr eine Zigarette an. Christina nahm eine, was Marc mit einem Stirnrunzeln kommentierte, eigentlich rauchte sie nicht. Ihre letzte hatte sie sich mit Maxi geteilt, deshalb kam es ihr richtig vor. Thorbens Stimme faszinierte Christina. Sie war tief und voluminös, selbst beim Sprechen klang sie, als würde er singen. Er verwickelte sie in ein Gespräch, fragte sie aus und sie ihn. Als er ihr sagte, Jenny und er wären kein Paar sondern nur gute Freunde, verspürte sie eine gewisse Erleichterung.

Während sie sich unterhielten, tanzten Marc und Jenny. Die Musik war so laut, dass man sich entweder anbrüllen oder direkt ins Ohr sprechen musste. Christina saß auf einem Barhocker und Thorben stand dicht neben ihr. Sie genoss es, sich an ihn zu lehnen, um dem Gespräch zu folgen. Sein Geruch nach Leder und Tabak betörte sie, mehr als der Alkohol. Christina fühlte sich leicht, gelöst wie lange nicht mehr. Sie bei Thorben, das fühlte sich richtig an.

Plötzlich wurde die Musik ausgeschaltet und alle zählten den Countdown ins Neue Jahr. Das riss Christina zurück in die Realität. Sie, die Frischverlobte, flirtete hemmungslos mit dem besten Freund ihres Zukünftigen. Verlegen schaute sie Thorben an, dem wohl ähnliche Gedanken durch den Kopf gingen.

„Ein frohes Neues Jahr", er reichte ihr die Hand und die Berührung ließ sie erschauern. Ihre Haut prickelte. Ein wohliges Gefühl breitete sich in ihrem Bauch und etwas tiefer aus. Ihr war, als wolle Thorben sie umarmen. Sie ließ seine Hand nicht los. Und mitten in dieses innige Schweigen platze Marc, zog sie an sich und küsste sie. Der Zauber des Augenblicks war verflogen.

Endlich kommen die Zwillinge und rutschen auf die Rückbank. Jana stehen die Tränen in den Augen. Ihr Bruder beugt sich nach vorne und fragt den Fahrer.

„Was ist passiert?"

„Kann ich nicht sagen. Ich war nicht dabei."

„Sie müssen doch irgendwas wissen", braust Janis auf.

„Lass gut sein", versucht Christina ihn zu beruhigen.

„Wir fahren jetzt ins Krankenhaus, da erfahren wir mehr."

Thorben Harth

Die Sirene des Rettungswagens zerreißt die nächtliche Stille. Mit hoher Geschwindigkeit rast er durch die dunklen Straßen. Die Sanitäter sind mit dem Verletzten beschäftigt. Thorben sieht zu, wie sie mit Tamponaden versuchen, die Blutung zu stillen. Immer einen Blick auf den Monitor mit den Vitalfunktionen des Patienten. Plötzlich ein Dauerton.

„Wir verlieren ihn. Halt an", ruft der Jüngere.

Der Wagen stoppt. Sie legen einen Tubus, beginnen mit der Reanimierung. Thorben schaut verwundert ins Gesicht des Leblosen. Die blonden Haare sind matt und glanzlos. Die Gesichtsfarbe ist fahl, die Wangen eingefallen. Er hat das Gefühl, ihn kennen zu müssen, aber kann sich nicht erinnern. Das Gesicht wirkt vertraut und doch fremd. Der Notarzt versucht, den Patienten mit Elektroschocks zurückzuholen.

„Weg vom Patienten."

Der Oberkörper bäumt sich auf. Keine Reaktion.

„Noch mal. Weg vom Patienten."

Da triff Thorben die Erkenntnis wie ein Schlag mitten ins Gesicht. „Das bin ich", schreit er und reißt die Augen auf. Sieht über sich die Sanitäter.

„Wir haben ihn wieder. Bleiben Sie ruhig. Sie wurden angeschossen. Wir bringen Sie ins Krankenhaus."

Zur Antwort nickt Thorben. Seine Körpermitte brennt wie Feuer. Er starrt an die Decke des Wagens. Durch die Scheiben nimmt er vage das Blinken des Blaulichts wahr. Die Schmerzen sind unerträglich, er stöhnt auf, kann nicht begreifen, was mit ihm geschieht.

Der Wagen wird abgebremst. Jede Erschütterung spürt Thorben mit vielfacher Verstärkung. Heißer Schmerz schießt in jede Faser seines Körpers, füllt ihn aus.

„Männlicher Patient, Polizist, 48, Schussverletzung im Thorax, haben reanimiert."

„Gut, wir übernehmen."

Das Ärzteteam eilt durch die Gänge. Thorbens Körper wird durchgeschüttelt. Er schließt die Augen, versucht, an etwas anderes zu denken. Wie Feuer brennt sein Körper.

„Beeilt euch, Leute."

Lautlos schließt sich die Tür des Operationssaals hinter der Bahre. Durch die Glasscheibe beobachtet Thorben das hektische Treiben. Sein Körper wird an verschiedene Maschinen angeschlossen, um die OP vorzubereiten. Er wendet sich ab.

Klein, zerbrechlich, die Gesichter wie verschrumpelte Rosinen. So lagen die Zwillinge im Brutkasten. Das konnte Thorbens Stolz nicht mindern – seine Kinder. Nur die tiefsitzende Angst, dass sie noch nicht über den Berg waren, schnürte ihm den Hals zu. Zum dritten Mal prüfte er, ob der Mundschutz richtig saß. Die Krankenschwester lächelte ihn aufmunternd an.

„Kommen Sie ruhig näher. Wenn Sie möchten, können Sie die Babys streicheln. Hier durch diese Öffnung können Sie die Hand stecken."

Mit diesen Worten wandte sie sich wieder ihrer Arbeit zu. Thorben fasste Mut, sicher waren die Kleinen nicht so zart, wie sie aussahen. Er trat an das erste Bettchen heran. An dem Armbändchen erkannte er seinen Erstgeborenen. Der strampelte mit seinen nackten Beinchen und fuchtelte mit den Armen. Eine Infusionsnadel steckte in seiner Stirn und war mit Gips fixiert.

„Na, Kleiner, das würde mir auch nicht gefallen."

Thorben streckte die Hand durch die Öffnung und streichelte seinen Sohn vorsichtig am Oberschenkel. Den kümmerte das nicht. Es schien, als würde er im Liegen seinen ersten Marathon laufen. Lächelnd trat Thorben an das Bett seiner Tochter. Völlig still lag Jana im Brutkasten. Nur ihr Brustkorb hob und senkte sich. Als Thorben sie sanft am Beinchen streichelte, öffnete sie die Augen und blickte in ihn.

„Na, Süße, freust du dich, Papa zu sehen?"

Sie öffnete ihr Mündchen, steckte ihre kleine Faust hinein und saugte daran.

Plötzlich ertönte ein Alarm.

„Sie müssen jetzt gehen", sagte die Krankenschwester, während sie zu einem Bettchen im hinteren Bereich ging.

Thorben warf noch einen Blick auf die Zwillinge und beeilte sich hinauszugehen. Er wollte nicht mitbekommen, wie an den kleinen Körpern gearbeitet wurden. Die Schläuche und Kabel, die die Babys mit den Maschinen verbanden, machten ihm Angst. Thorben atmete schwer. Er lehnte sich an die Flurwand und riss sich den Mundschutz herunter. Ihm fiel das blöde Sprichwort ein:

„Vater werden ist nicht schwer, Vater sein dagegen sehr".

Vater – sein Vater war tot, er hatte keine Gelegenheit gehabt, sich mit ihm zu versöhnen. Zum ersten Mal in seinem Leben begann er zu ahnen, warum sein Vater ihm so viele Vorschriften gemacht hatte.

Christina Holzer

Ungeduldig trommelt Christina gegen die Glasscheibe. Der Flur ist menschenleer. Thorbens Kollege hat sie vor der Tür abgesetzt. Christina und die Kinder warten seitdem in der Notaufnahme, ohne dass sich jemand blicken lässt. Mit dem Fuß tritt Janis an die Wand.

„Das Warten macht mich irre."

Jana steht stumm daneben und kaut an den Fingernägeln. Endlich taucht eine Krankenschwester auf. Christina geht ihr entgegen.

„Können Sie mir etwas über den Patienten Thorben Harth sagen? Er wurde eben eingeliefert."

„Und wie ist Ihr Name?", fragt die Krankenschwester, wobei sie weiter läuft und sich hinter die Theke der Notaufnahme begibt.

„Christina Holzer."

Fragend blickt sie Christina durch die Scheibe an.

„Verheiratet oder verwandt mit dem Patienten?"

Christina blickt verlegen zur Seite.

„Ich bin seine Lebensgefährtin."

„Dann darf ich Ihnen keine Auskunft geben."

Schon will sie sich abwenden, da tritt Janis neben Christina.

„Ich bin sein Sohn. Dürfen Sie mir Auskunft geben?"

Dabei legt er den Arm um Christina.

Die Krankenschwester blickt ihn kurz an.

„Wenn Sie volljährig sind", antwortet sie gleichgültig.

„Bin ich." Janis Augen funkeln böse.

„Einen Moment."

Sie beugt sich über den Computer und tippt auf der Tastatur herum.

„Er wird gerade operiert. Über seinen momentanen Zustand kann ich keine weiteren Angaben machen. Tut mir leid. Am besten gehen Sie nach Hause. Wir rufen Sie an, sobald die Operation beendet ist."

„Wir warten hier", entscheidet Janis.

Die Krankenschwester zuckt mit den Schultern.

„Dann warten Sie bitte vor der Intensivstation. Einer der Ärzte wird Sie dann informieren."

Sie folgen den Schildern. Christinas Herz pocht wild. Ihre Ohren rauschen. Die Schuhe quietschen auf dem glatt gewienerten Boden. Thorben. Jedes Mal, wenn er Nachtschicht hat, fürchtet sie sich vor dem Schlafengehen. Oft hat sie von einem nächtlichen Anruf geträumt, der ihr die Schreckensnachricht bringen würde. Jedes geträumte Klingeln ließ sie aus dem Schlaf hochschrecken. Einschlafen danach unmöglich. Bis zum Morgengrauen lag sie jedes Mal ruhelos im Bett und wartete darauf, dass Thorben nach Hause kam. Jetzt wünscht sie sich nichts sehnlicher, als aus diesem Alptraum zu erwachen.

Unvermittelt fragt Janis: „Warum haben Papa und du nie geheiratet? Das ist doch Bullshit. Ohne uns wärst du eben echt aufgeschmissen gewesen."

Christina schüttelt unwillig den Kopf. Darüber will sie im Moment nicht diskutieren.

„Wir sind beide verheiratet, nur eben nicht miteinander", antwortet sie, ohne stehen zu bleiben.

„Warum hast du deinen verschollenen Mann nie für tot erklären lassen?", mischt sich Jana ein.

Janis wartet die Antwort nicht ab: „Wie beide? Mit wem ist Papa verheiratet?"

Abrupt bleibt Christina stehen. Unsicher blickt sie sich um.

„Ich glaube, wir müssen dort hin", und zeigt in den linken Gang.

„Ja, müssen wir", antwortet Janis. „Aber das beantwortet nicht meine Frage."

„Papa war nur mit unserer Mutter verheiratet, oder?", wundert sich auch Jana.

Christina blickt von einem zum anderen. Thorben hatte damals entschieden, den Kindern die wahren Umstände zu verheimlichen. Früher war Jenny so etwas wie ihre beste Freundin, doch alles war nur Fassade gewesen. Deshalb tolerierte Christina seine Entscheidung. Nun wird ihr klar, dass sie den Kindern eine heile Welt vorgaukelten, genau wie Jenny.

Die Zwillinge schauen sie verwirrt an. Janis findet als erster die Sprache wieder.

„Ihr habt uns erzählt, dass unsere Mutter bei einem Unfall ums Leben kam, als wir noch klein waren. Wie kann sie dann noch mit Papa verheiratet sein?"

„Das soll euch Thorben erklären. Er hat gute Gründe für sein Schweigen."

April 1996

Der kalte Schweiß auf ihrer Haut ließ sie frösteln. Sie musste kurz eingeschlafen sein. Was war los? Das ergab alles keinen Sinn. Sie versuchte, sich an Details des gestrigen Abends zu erinnern. Ohne Erfolg. Die Gedanken trieben träge wie Eisschollen durch ihren Kopf. Sobald sie versuchte, einen zu fassen, geriet er ins Trudeln, wechselte die Richtung und verschwand.

Plötzlich machte sich ihre Blase bemerkbar. Nur mit Mühe konnte sie ihre Armbanduhr erkennen. Der kleine Zeiger stand auf der Zwölf.

„Vielleicht sind wir im Schlaf überfallen worden? Wahrscheinlich wurde ich betäubt, das erklärt die Müdigkeit. Sicher suchen sie mich schon.“ Dieser Gedanke tröstete sie.

Gestern Abend hatte ihr Vater angerufen. Daran erinnerte sie sich. Ihr Mann nahm das Gespräch entgegen und behauptete, sie sei nicht da. Dafür war sie dankbar. Mit einem Kissen vor dem Mund unterdrückte sie das Kichern – ihre Hormone spielten verrückt.

Christina Holzer

Ihre eigenen Worte dröhnen in ihrem Kopf. Der Druck im Magen nimmt zu. Das hätte nicht passieren dürfen. Sie hat Thorbens wohlbehütetes Geheimnis verraten. Jenny war sein Tabuthema. Christina beneidete sie um vieles, am meisten um ihren Ehemann. „Thorben ist ein fürsorglicher Vater. Er verschweigt die Wahrheit nur, um seine Kinder zu schützen", versucht sie ihre Bedenken zu vertreiben.

Plötzlich hat Christinas Angst einen Namen – Jenny. Die Frau, deren Platz sie eingenommen hat. In deren Rolle sie nahtlos geschlüpft ist. „Was, wenn sich die Kinder entscheiden, mit ihrer Mutter Kontakt aufzunehmen? Würde ich sie dann verlieren?" Am liebsten würde sie davon laufen und diese Gedanken zum Schweigen bringen.

Ohne auf die Reaktion der Zwillinge zu warten, dreht Christina sich um und geht weiter. Die Situation überfordert sie. Ihre Gedanken sind bei Thorben, ihm gilt ihre ganze Sorge. An die Vergangenheit möchte sie jetzt nicht denken. Viel zu viele schmerzliche Erinnerungen sind mit der Geschichte verbunden.

Die Zwillinge folgen ihr schweigend. So erreichen sie die Intensivstation und Christina setzt sich auf einen der Besucherstühle. Jana nimmt neben ihr Platz und Janis baut sich vor ihnen auf. Bevor er etwas fragen kann, sagt Christina:

„Bitte, mehr möchte ich dazu nicht sagen. Das ist die Aufgabe eures Vaters."

„Na, toll!", empört sich Janis sofort, „Typisch für dich, wenn es brenzlig wird, bist du nicht zuständig."

„Janis, nicht", unterbricht ihn seine Schwester, „sei nicht unfair."

Christinas Wangen brennen, sie ringt mit sich. Sie weiß, dass Thorben seine Kinder vor der Wahrheit beschützen will. Doch Janis

Anschuldigungen tun ihr weh. Sie liebt die beiden wie eigene Kinder. Und ist sie nicht eine bessere Mutter als Jenny?

Schon kurz nach der Geburt hatte Christina Jennys Gleichgültigkeit gegenüber den Zwillingen bemerkt. Manchmal kam es ihr vor, als würde Jenny das Muttersein als Rolle betrachten. Nur vor großem Publikum spielte sie die Rolle mit vollem Einsatz. Als Freundin schaute sie darüber hinweg. Mehrmals erlebte sie, wie Jenny auf ein stummes Stichwort von völliger Gleichgültigkeit zur fürsorglichen Mutter mutierte.

Weil Thorben überraschend zu einem Einsatz musste, holten Jenny und sie die Babys vom Krankenhaus ab. Sie waren spät dran. Jenny hatte vergessen, die Kindersitze ins Auto zu packen, deshalb mussten sie auf halber Strecke umkehren. Dafür war sie für ihren Auftritt in der Säuglingsstation bestens gestylt. Sie trug ein schwarzes Etuikleid mit einer pelzbesetzten Kurzjacke, nur die dicken Wollstrümpfe nahmen dem Outfit etwas an Eleganz. Christina fühlte sich in ihrem schicken Kostüm unwohl, doch die Zeit zum Umziehen war zu kurz gewesen.

Die Babys lagen gemeinsam in einem Bettchen und schliefen. Die Krankenschwester trat zu ihnen.

„Wir haben ihnen frische Strampler angezogen. Bitte bringen Sie sie gewaschen im Laufe der Woche zurück, dann brauchen Sie die Babys nicht noch einmal umzuziehen."

Christina schaute zu Jenny, die keine Miene verzog. An Wechselsachen hatten sie nicht gedacht. In der kleinen Handtasche steckten sicher keine frischen Strampler. Dann kam Jennys Hebamme.

„Hallo Frau Harth. Gut, dass ich Sie treffe, wir müssen Termine für meine Besuche vereinbaren."

Christina legte währenddessen Janis in einen der Babysafes. Der Kleine schlief tief und fest. Trotzdem fing sie an zu schwitzen und war froh, als sich der Sicherheitsgurt leise klickend schloss. Jenny stand daneben und meinte:

„Das machst du klasse. Kannst du dich auch um Jana kümmern. Ich gehe nur schnell ins Schwesternzimmer."

Ohne eine Antwort abzuwarten, verschwand sie. Verblüfft blieb Christina zurück und machte sich daran, das nächste Baby umzubetten. Jana wurde bei der ersten Berührung wach. Christina hielt inne, die Kleine fixierte sie. Dann verzog sich ihr Mündchen, was Christina als Lächeln deutete. Leise sprach sie mit dem Baby, das sich ohne Murren in den engen Sitz legen ließ.

„Ach, schön, du bist startklar."

Jenny schnappte sich den einen Sitz. Durch die plötzliche Bewegung wurde Janis wach. Ohne die Augen zu öffnen, fing er an zu schreien.

„Nimm mal. Ich muss hier noch irgendwo einen Schnuller haben."

Mit diesen Worten drückte sie Christina den Babysafe samt schreiendem Baby in die Hände. Diese sprach mit beruhigenden Worten auf Janis ein. Endlich fand Jenny in den Tiefen ihrer Handtasche das Gesuchte und steckte den Schnuller ohne Abwischen in den Mund des Kleinen. Der spuckte ihn gleich wieder aus. Jenny achtet nicht darauf und nahm die schlafende Jana.

„Können wir?", fragte sie und ging los, überließ es Christina, Janis zu beruhigen. Beim Laufen schaukelte sie den Kindersitz hin und her, das gefiel ihm und er hörte auf zu schreien. Am Wagen angekommen, stellte Jenny den Babysafe auf den Rücksitz und setzte sich auf die Beifahrerseite.

Christina runzelte die Stirn: „Willst du sie nicht anschnallen?"

„Ich habe keine Ahnung, wie das funktioniert, darum hat sich Thorben gekümmert. Aber es ist ja nicht so weit nach Hause. Wir sind als Kinder auch ohne ausgekommen."

Damit traf Jenny einen wunden Punkt bei Christina. Ohne sich auf Diskussionen einzulassen, versuchte Christina herauszufinden, wie man die Sitze mit den Gurten sichert. Mittlerweile weinte Janis wieder und auch Jana verzog ihr Gesichtchen, kurz davor in das Geschrei ihres Bruders einzustimmen.

„Hallo Sie", rief Jenny einem vorbeilaufenden Mann zu. Er trug einen Blumenstrauß und eine großen Teddy.

„Sie kennen sich doch sicher mit so etwas aus."

Neugierig kam er näher und schaute auf die Rückbank. Christina war inzwischen völlig durchgeschwitzt und zerzaust.

„Na, junge Frau, mit der Technik macht man sich doch vorher vertraut." Kopfschüttelnd trat er vom Wagen weg, damit sie ihm Platz machen konnte. Christina ärgerte sich, weil Jenny es so aussehen ließ, als wäre sie die ahnungslose Mutter. Doch letztlich zählte nur, dass sie endlich die Heimfahrt antreten konnten. Brav bedankte sie sich bei dem Mann, der nur Augen für Jenny hatte.

„Sie sollten besser auf ihre Freundin aufpassen, sonst passiert den Kleinen noch etwas."

Die Fahrt verlief schweigsam. Die Zwillinge waren eingeschlafen, sobald sie wenige Meter gefahren waren.

Eine halbe Stunde später saßen die Freundinnen mit einem Kaffee in der Wohnküche. Jenny starrte aus dem Fenster, während Christina ihren Blick schweifen ließ. Alles war aufgeräumt und blitzsauber. Christina mochte sich nicht vorstellen, wie es aussehen würde, wenn die Zwillinge ins Krabbelalter kamen.

„Jenny, du bist so still. Was ist denn los?"

„Mmh. Ach nichts. Ich bin nur müde. Die letzten Wochen waren anstrengend."

„Die nächsten Wochen und Monate werden nicht besser werden." Die Bemerkung konnte sich Christina nicht verkneifen.

„Ja." Jenny holte tief Luft. „Hauptsache, dass Thorben die Beiden liebt. Er ist ganz vernarrt in sie."

„Hattest du da Sorgen?"

„Er hat nie darüber gesprochen, Kinder zu wollen."

„Das stimmt", dachte Christina. Thorben hatte ständig wechselnde Freundinnen. Bis er mit Jenny zusammen kam. Trotzdem war sie sicher, dass Thorben sich darauf freute, Vater zu sein.

Sie drückte die Hand der Freundin: „Thorben wird ein wundervoller Vater werden."

Jenny sah sie mit tränenfeuchten Augen an.

„Und du eine hervorragende Mutter."

Christina rang sich die Worte ab, obwohl sie es nicht glaubte.

Christina verscheucht die Gedanken. Sie schaut zu Boden und sagt leise: „Eure Mutter wollte euch und euren Vater verlassen. Dann ist ein – Unfall passiert. Dabei ist sie zwar nicht umgekommen, aber Thorben hat ihr jeden Kontakt zu euch verboten."

Thorben Harth

„Wie im Film." Thorben steht hinter den Ärzten. Das hektische Arbeiten im Operationssaal macht ihn unruhig. Er konzentriert sich auf die Tropfen der Infusion, die wohldosiert in seinen Körper laufen, zählt sie. Am liebsten würde er weggehen. Ein tiefes Verlangen nach Ruhe breitet sich aus. In dem sterilen Raum hält er es nicht länger aus. Er mag nicht sehen, wie sie um seinen verletzten Körper kämpfen. Ob es reichen wird?

Erinnerungen steigen auf. Er sieht Christinas Augen vor sich, ein ängstlicher Ausdruck liegt in ihnen. So hatte sie bei ihrer ersten Begegnung geschaut. Nachdem sie sich den ganzen Abend unterhalten hatten und plötzlich der Countdown zum Neujahr gezählt wurde. Er lernte die Verlobte seines besten Freundes kennen und hatte nichts Besseres zu tun, als den ganzen Abend mit ihr zu flirten. Fast glaubte er, Marc wollte ihm einen Streich spielen oder ihre Freundschaft testen. Doch das sah seinem Freund nicht ähnlich. Marc und Jenny tanzten und wie schon oft fragte sich Thorben, warum die beiden kein Paar waren. Jenny war sichtlich geschockt über Marcs Verlobung und sie klammerte sich an ihn, als wäre es das letzte Mal.

Die Gespräche verstummten und alle zählten die letzten Sekunden des alten Jahres herunter. Thorben sah Christina tief in die Augen. Er wollte sie küssen, das neue Jahr mit ihr beginnen, egal ob sie mit Marc verlobt war oder nicht. Sie faszinierte ihn. Dann platze Marc dazwischen, nahm Christina in den Arm und küsste sie. Steckte sein Revier ab. Für Thorben blieb nur ein förmlicher Händedruck.

Bald darauf ging er, verbrachte die Nacht allein. Ungewohnt für ihn, normalerweise fand sich immer eine willige Begleiterin. Er fand keinen Schlaf, Christina ging ihm nicht aus dem Kopf. Hellwach lag er im Bett, rief sich jede ihrer Gesten ins Gedächtnis, ihr Lachen, ihren Geruch. Wie ein verliebter Teenager fühlte er sich. Verfluchte Marc. Jetzt war Thorben klar, warum der sich die letzten Monate immer mehr zurückgezogen hatte. Behauptete, er müsse sich auf sein Studium konzentrieren. Das war glatt gelogen. Zukunftssicherung wäre das richtige Wort dafür. Christinas Vater Heinrich besaß eine Kellerei und sicher eine Menge Geld. Darauf war Marc versessener als auf jede Frau. Und was war mit Christina? Was fand sie an Marc? Für so oberflächlich, dass sie nur auf das Aussehen schaute, hielt er sie nicht. Machte Marc ihr etwas vor?

Eine neue Erinnerung blitzte auf. Christina strahlte ihn an. Sie drehten sich im Kreis. Ihre Wagen waren gerötet – vor Aufregung. Der Stoff des Brautkleids raschelte bei jeder Bewegung. Christina schwebte in Thorbens Armen über die Tanzfläche. Für ihn das Highlight des Tages. Die Hochzeitnacht würde sie mit ihrem frischvermählten Ehemann verbringen. Gerne hätte Thorben den alten Brauch, die Braut zu entführen, aufleben lassen. Doch Marc verbot es. Wohl aus Angst, dass seine Braut nicht wieder auftauchen würde. Thorben hätte keine Garantie dafür übernommen.

Die letzten Wochen hatte Thorben wie in Trance verbracht. Als Marcs Trauzeuge wurde er in die Hochzeitsvorbereitungen einbezogen. Weil Marc sich in seiner neuen Stelle in der Kellerei profilieren wollte, begleitete Thorben Christina bei den zahlreichen Besorgungen. Je öfter er mit Christina unterwegs war, desto schmerzlicher wurde ihm bewusst, wie sehr er sie liebte. Selbst beim Probeessen glänzte Marc durch Abwesenheit.

„Ich habe keine Ahnung, warum Marc glaubt, diesen Kunden derart hofieren zu müssen."

Heinrich wischte sich den Mund mit der Stoffserviette ab. Er schlürfte an seinem Rotwein. Zog den Schluck mehrmals über seine Zunge.

„Wirklich eine gute Wahl“, bemerkte er. „Obwohl ich nicht verstehe, warum du sie nicht überreden möchtest, unseren Wein auszuschenken. Alle werden danach fragen.“

„Wie findest du das Fleisch?“, fragte Christina Thorben, ignorierte die Bemerkung ihres Vaters.

„Sehr lecker, dabei bin ich kein Fan von Wild.“

„Na, es gibt ja auch noch Pute und Schwein.“ Christina prostete ihm lächelnd zu.

Heinrich legte das Besteck beiseite und stand auf.

„Ihr entschuldigt mich. Ich habe gleich noch einen Termin. Das Dessert könnt ihr sicher besser beurteilen als ich. Eine bisschen Käse zum Abschluss sagt mir eher zu als dieser süße Kram.“

„Ich bin so froh, dass du Zeit hattest.“ Christina schaute Thorben über den Rand des Weinglases an.

„Vater kann sehr anstrengend sein.“

„Für ein kostenloses Essen tausche ich gerne die Schicht.“

„Nur dafür?“ Christina sah ihn direkt an.

Darauf fand er keine passende Antwort. Schaute nur zurück. Das Schweigen, das entstand, war angenehm, vertraut. Thorben wollte so viel sagen. Christina die Hochzeit ausreden. Ihr seine Liebe gestehen. Glaubte zu spüren, sie warte nur darauf.

Dann tauchte Marc auf.

„Hallo, mein Schatz.“

Er beugte sich zu Christina und küsste sie.

„Die wollten mich gar nicht weglassen. Aber als ich ihnen sagte, dass meine bezaubernde Braut auf mich wartet, haben sie mich sofort zu dir geschickt.“ Er blickte von Christina zu Thorben. Noch immer schwiegen beide.

„Wie war das Essen?“ Er klopfte Thorben auf die Schulter. Da wurde das Dessert gebracht. Die Kellnerin stellte die Auswahl auf den Tisch.

„Bei der Verkostung darfst du noch helfen", grinste Marc seinen Freund an und legte einen Arm um Christina.

„Aber du weißt ja, der zweite Nachtisch ist dem Bräutigam vorbehalten."

Munter plauderte Marc weiter und überschüttete Christina mit Komplimenten. So kannte Thorben seinen Freund nicht.

Abends trafen sie sich wieder und Marc schwärmte Thorben vor, wie glücklich er war. Ein Leben ohne sie würde keinen Sinn machen. Thorben fand, das Marc zu dick auftrug, aber die Botschaft dahinter war deutlich: „Lass die Finger von Christina." Und Thorben wollte ihre Freundschaft nicht aufs Spiel setzen. Schließlich verdankte er Marc sehr viel. Zu mindestens dachte er das damals.

Ein durchdringender Piepton lenkt Thorben ab. Er muss eine Entscheidung treffen. Die Ärzte haben ihr hektisches Treiben unterbrochen. Wieder jagen sie Stromstöße durch seinen Körper. Thorben betrachtet sich. Mit Spreizern wird seine Bauchdecke aufgehalten. Man kann einzelne Organe erkennen. Noch immer erfüllt der anhaltende Piepton den Raum. Thorben schließt die Augen, lässt sich fallen.

Ein stechender Schmerz durchfährt ihn. Seine Körpermitte steht in Flammen. Thorben versucht, sich aufzurichten, seine Muskeln gehorchen ihm nicht. Stumme Schmerzensschreie jagen durch seinen Kopf. „Wenigstens der Piepton ist aus", denkt er noch, dann umgibt ihn Dunkelheit.

Christina Holzer

„Scheiße“, entfährt es Janis.

Bevor Christina etwas sagen kann, macht Janis der aufgestauten Wut Platz.

„Trotzdem ist es nicht richtig, dass ihr uns nichts gesagt habt. Wir sind alt genug, unsere eigenen Entscheidungen zu treffen. Ihr hattet kein Recht, uns anzulügen.“

Christina schluckt schwer. Ihr brennen die passenden Antworten auf der Seele. Janis sieht sie herausfordernd an. Sie weicht seinem Blick aus, starrt vor sich auf den Boden und streicht mit dem Daumen über die wulstige Narbe an ihrem Handgelenk.

Ihr Smartphone klingelt. Christina geht einige Schritt den Flur hinunter und nimmt das Gespräch an.

„Guten Morgen, Frau Jonas“, begrüßt sie ihre Sekretärin, bevor diese zu Wort kommt.

„Ich wollte Sie eben anrufen. Mein Mann ist im Krankenhaus und wird gerade operiert. Bitte sagen Sie alle Termine für heute ab.“

„Ach, Frau Holzer, das tut mir so leid. Ist es sehr schlimm?“

„Das wissen wir noch nicht. Wenn es etwas Wichtiges gibt…“

„Ja, deswegen rufe ich ja eigentlich an.“

Mit einem Seufzer setzt sich Christina hin.

„Was gibt es denn?“

Nachdem sie das Gespräch beendet hat, bleibt Christina mit geschlossenen Augen sitzen. Wenn alle ihre Probleme so leicht zu lösen wären. Ihre größte Angst war all die Jahre, dass das fragile Gebilde ihrer Familie einer Erschütterung nicht standhielte. Jetzt bekommt es tatsächlich erste Risse und droht einzustürzen.

Nachdem Jenny weg war und Thorben als alleinerziehender Vater Unterstützung brauchte, verbrachte sie viel Zeit mit den Zwillingen.

Sie passte ihren Terminplan an Thorbens Schichtdienst an. Die beiden gewöhnten sich rasch an die neue Situation. Und Christina genoss die Abwechslung zu ihrem üblichen Tagesablauf, obwohl es bedeutete, bis spät in die Nacht und am Wochenende zu arbeiten. Dass es keine dauerhafte Lösung war, wussten beide, aber damit verschaffte sie Thorben Zeit, die Dinge zu regeln.

Eines Nachmittags, als sie die Zwillinge vom Kindergarten abholte, wurde Christina klar, wie sehr sie ihr neues Leben bereits einnahmen. Fröhlich plaudernd liefen sie die Straße entlang. Christina hatte vorher Thorbens Kombi aus der Werkstatt abgeholt und ihn in der Einfahrt geparkt, weil der Garagenöffner nicht im Auto lag.

Plötzlich lief Janis los und rief: „Mama ist da.“ Er umrundete den Wagen mehrmals und versuchte, hineinzusehen und die Türen zu öffnen. Christina stand stumm daneben, suchte nach den richtigen Worten.

Da sagte Jana: „Bist du dumm. Christina ist doch unsere neue Mami.“

Christina nahm Janis in die Arme und drückte ihn fest an sich. Er wehrte sich nicht, sie spürte, wie durcheinander er war.

„Wisst ihr was. Jetzt fahren wir ein Eis essen und dann holen wir Papa von der Arbeit ab. Einverstanden?“

Die Beiden jubelten.

Am Abend erklärte sie Thorben, dass es am sinnvollsten wäre, wenn sie gemeinsam in das Haus ihres Vaters ziehen würden. Die räumliche Veränderung würde allen gut tun und sie könnte sich das Pendeln sparen. Thorben dachte über ihren Vorschlag nicht lange nach. Er zog sie an sich und meinte: „Was bist du doch eine herrlich praktisch veranlagte Frau.“

Jana Harth

„Ich hol mir was zu trinken. Willst du auch was?“, fragt Janis seine Schwester. Die sitzt mit geschlossenen Augen da und schüttelt nur den Kopf. Am liebsten würde sie verschwinden. Nicht nur von hier. Nein, sich in Luft auflösen und alle Probleme gleich mit. Vor nicht einmal vierundzwanzig Stunden dachte sie noch, ihr Leben wäre völlig normal. Zumindest nicht viel anders als das ihrer Freundinnen. „Und jetzt sitze ich hier, bange um das Leben meines Vaters und erfahre so nebenbei, dass meine echte Mutter noch lebt“, denkt Jana verstört.

Für Jana ist immer Christina ihre Mutter gewesen. Sie erinnert sich nicht einmal, die Nachricht vom Tod ihrer Mutter erhalten zu haben. Keine verschollene Traurigkeit, nicht einmal der Nachgeschmack eines Schmerzes. Dunkel erinnert sie sich an einen Tag, an dem ihr Vater ihnen ihre schönsten Sachen anzog. Jana freute sich auf einen Ausflug. Doch dann fuhren sie nur zu einem Friedhof. Eine Weile standen sie davor. Papa spannte einen großen Schirm auf. Er war schwarz gekleidet und roch ganz fremd. Dann liefen Leute, auch in schwarz, an ihnen vorbei. Jana mochte nicht, wie sie sie ansahen und ließ sich von ihrem Papa auf den Arm nehmen und kuschelte sich an ihn. Als sie wach wurde, stand Christina bei ihnen und von da an war sie immer da gewesen. Wer war ihre Mutter – wo waren die Erinnerungen an sie?

Später, sie waren vielleicht in der zweiten oder dritten Klasse, fragte Janis dauernd nach seiner Mutter. Christina passte ihre Arbeitszeit den normalen Bürozeiten an, als die Zwillinge eingeschult wurden. Eine Haushälterin kochte Mittagessen und beaufsichtigte die Zwillinge nachmittags. Trotzdem half Christina ihnen oft bei den Hausaufgaben. Janis tat sich besonders mit Mathematik schwer.

Einmal sagte sie: „Besser kann ich es nicht erklären. Die Zahlen liegen dir wohl nicht im Blut."

„Wie auch, du bist ja auch nicht meine Mama", schrie Janis und rannte in sein Zimmer.

Christina schüttelte nur den Kopf über diesen Ausbruch, sie konnte nicht wissen, dass Janis in der Schule damit aufgezogen wurde. Einer der Jungs meinte, Janis müsste doch gut rechnen können, schließlich hätte sein Vater sich genau ausgerechnet, wie weit ihn eine reiche Erbin bringen würde.

Im Sommer, Janis Fragen nach ihrer Mutter hörten nicht auf, machte Thorben mit ihnen einen Ausflug zu dem Grab. Er erzählte, sie sei in ihrem Heimatort begraben.

Sie fuhren mit dem Auto, es war heiß und Jana wünschte sich ins Schwimmbad. Nach einer kleinen Ewigkeit kamen sie an. Jana erinnerte sich an eine alte Frau, die eine volle Gießkanne zu einem Grab trug und mit sich oder dem Toten sprach. Jana fand das gruselig. Hand in Hand schritten die Drei durch die Reihen der Gräber.

„Hier müsste es sein", murmelte Thorben. Wechselte noch einmal die Reihe, „oder doch eher hier."

Plötzlich lief Janis davon. Im Schatten einer hohen Tanne stand eine weiße Statue mit großen Flügeln, die ihre Hände schützend über zwei Kinder ausbreitete. Davor blieb Janis stehen und starrte den Engel an. Langsam folgten ihm Jana und Thorben. Schweigend standen sie da. Der Stein war schmutzig. Nur auf den Wangen hatte der Regen weiße Bahnen gezogen, als hätte der Engel geweint.

Dann sagte Thorben: „Wie wäre es mit einem Eis zur Erfrischung?"

„Oh, ja", rief Jana. Janis folgte ihnen wortlos.

Später am Abend, als die Zwillinge allein waren, sagte Janis: „Mama hat neue Kinder, auf die sie aufpassen muss, deshalb kann sie nicht zurückkommen." Danach fragte er nie wieder nach ihr.

Janis Harth

Mutter. Mutter. Das Wort hämmert in Janis Kopf. Seit Jahren hatte er nicht mehr an sie gedacht. Warum auch, im Glaube, sie wäre tot. Seine Hände sind zu Fäusten geballt. Unterdrückt den Drang, sie an die Wand zu schlagen. Mutter. Er fand keine Erinnerung, kein Gesicht. Nur den Engel auf dem Friedhof. Wie lächerlich, ein kalter Stein, nicht seine Mutter. Wo ist sie? Was hat sie dazu veranlasst sie im Stich zu lassen?

Janis folgt den Schildern zur Cafeteria. Die ist noch geschlossen, davor steht ein Getränkeautomat. Er entscheidet sich für eine Cola. In einem Zug leert er die Flasche und zieht noch eine. Unschlüssig stellt er sich ans Fenster. Versucht, seine Gedanken zu ordnen. Ihm fallen einige Gründe ein, warum ihr Vater ihnen die Wahrheit über Mutter verheimlicht hat. Hat sie ihn betrogen und er hat sie rausgeworfen und den Umgang mit den Kindern verboten? Doch welche Frau würde nicht um das Recht kämpfen, ihre Kinder zu sehen? Schließlich war Ehebruch heutzutage keine Todsünde mehr, wohl eher ein Kavaliersdelikt. Und Kindesmisshandlung? War seine Mutter ein eiskalter Engel, mit einem steinernen Herz, so wie der auf dem Friedhof?

Er dreht sich zum Gehen, dabei stößt er an einen kleinen Tisch. „Internet – 1 Euro pro Stunde“, verkündet ein Schild über dem Bildschirm. Daneben steht ein grinsendes Porzellanschwein mit einem vierblättrigen Kleeblatt in der Schnauze. „Warum eigentlich nicht, einen Versuch ist es wert?“, denkt Janis und zückt sein Smartphone. Er öffnet eine Suchmaschine und tippt „Jenny Harth“. Scrollt sich durch die Treffer. Nimmt die Jahreszahl ihres Verschwindens dazu. Dann versucht er es über Facebook. Sinnlos. Wie soll er die richtige Frau finden? Würde er ihr Geburtsjahr, ihren Heimatort kennen, könnte er die Suche verfeinern. „Dazu brauche ich ihren Mädchennamen", Janis schüttelt den Kopf und schlägt mit der Faust auf den Tisch. „Mutter. Ich weiß nichts über dich."

Alle wichtigen Dokumente liegen in einer feuerfesten Kassette, die im Wohnzimmerschrank steht. Vielleicht sollte er da nachsehen. Den Schlüssel hat sein Vater immer bei sich. Also ist er hier im Krankenhaus, bei seinen Sachen.

„Nein", denkt Janis, „warum soll ich rumschnüffeln. Ich habe ein Recht auf die Wahrheit. Christina muss damit herausrücken." In seiner Erinnerung ist Christina immer da gewesen. War sie der Grund, dass seine Eltern sich getrennt haben? Es müsste etwas Schlimmes passiert sein. War Mutter verrückt geworden, weil Thorben sie betrogen hat?

Janis streicht sich die Haare aus dem Gesicht, zieht zwei Flaschen Wasser und geht zurück zu den anderen.

Thorben Harth

Die Schmerzen treffen Thorben unvorbereitet. Wieder ein Piepen, diesmal in kurzen Intervallen.

„Erhöhen Sie die Dosis, Schwester", sagt eine tiefe Männerstimme.

„Dann bringen Sie ihn weg, ich informiere gleich die Familie."

„Ja, sagt meiner Familie, es geht mir besser." Langsam lässt der Schmerz nach.

Marc war zur rechten Zeit am rechten Ort. Nur deshalb sind er und Thorben Freunde geworden. BWL-Studenten waren Thorben immer ein Gräuel gewesen. Hielten sich für etwas Besonderes. Seine Abneigung lag hauptsächlich daran, dass seine Eltern von ihm verlangten, etwas Vernünftiges zu studieren. An dem Abend, als er Marc zum ersten Mal begegnete, lag ein Riesenstreit mit seinem Vater hinter ihm. Thorben hielt es nicht mehr aus und ging mitten in der Schimpftirade seines Vaters. Die kannte er auswendig, eigene Argumente zählten nicht, wurden nicht gehört. Klar war der Beruf des Polizisten gefährlich. Aber er war auch so vieles mehr.

Thorben ging in die neue Kneipe, die Bedienung war ihm beim letzten Besuch aufgefallen und er hatte Lust, sie anzusprechen. Die junge Frau stand hinter der Theke, Thorben setzte sich an die Bar und schnell kamen sie ins Gespräch. Er baggerte und ein Flirt entspann sich. Eine widerspenstige Strähne ihres blonden Haares löste sich aus ihrem Zopf. Sie strich sie hinters Ohr.

„Wow, von dieser Hand würde ich auch gerne gestreichelt werden", sagte Thorben.

Verlegen lächelte sie ihn an. Doch bevor sie antwortete, legte sich ein Leuchten über ihr Gesicht. Sie winkte jemandem hinter Thorben zu. Er drehte sich um und ein dunkelhaariger Mann kam auf sie zu.

„Hallo Jenny, machst du wieder alle Männer fertig", fragte dieser und musterte Thorben dabei.

„Ach, wenn du mich dauernd alleine lässt. Das Übliche?", fragte sie und griff nach einer Martiniflasche.

„Nein, heute nicht. Ich trinke das Gleiche wie dein neuer Freund. Für dich auch noch eins? Ich bin Marc", er streckte Thorben die Hand hin.

„Ich habe genug. Ich lasse euch beiden dann mal besser allein." Thorben wandte sich zum Gehen. Offensichtlich waren die Beiden ein Paar, da wollte er nicht stören oder sich Ärger einfangen.

„Hey, warum so ungemütlich. Du siehst aus, als könntest du noch ein bisschen Ablenkung gebrauchen. Außerdem bin ich ein guter Zuhörer, stimmt's, Jenny?"

Unschlüssig blickte Thorben zwischen den beiden hin und her. Jenny lächelt ihn an: „Die Nacht ist jung, so wie wir."

Also blieb Thorben und Marc bewegte ihn dazu, von seinen Problemen mit den Eltern zu erzählen. Marc riet ihm, seinen Traum nicht aufzugeben, auch wenn er mit den Eltern brechen müsste. Er redete sich richtig in Fahrt und seine Worte trafen bei Thorben auf fruchtbaren Boden. Von Bier stiegen sie auf härtere Sachen um. Der Rest der Nacht lag im Dunkeln.

Von da an trafen sie sich fast jeden Abend in der Kneipe und nach ein paar Wochen gingen sie an Jennys freien Tagen zusammen aus. Thorben wurde nicht schlau aus den Beiden. Marc hielt Jenny auf Distanz. Doch Thorben war sicher, dass sie in Marc verliebt war. Er fand es seltsam, aber letztlich war es ihm egal. Trotzdem ließ er die Finger von Jenny. Es gab genügend andere.

Christina Holzer

Christina setzt sich neben Jana und streicht ihr aufmunternd den Arm. Die sitzt mit geschlossenen Augen da, zeigt keine Reaktion. Auch Christina schließt kurz die Augen. Sie stützt den Kopf auf die Arme, ahnt, wie sehr die Nachricht über ihre Mutter die Zwillinge aufwühlt. Sie selbst hat erst an ihrem achtzehnten Geburtstag die Wahrheit über den Tod ihrer Mutter erfahren.

Volljährig – endlich. Mit diesem Gedanken wachte Christina auf. Sie stellte den Wecker aus und zog sich schnell etwas über. Ihr Vater fuhr Samstagmorgens kurz ins Büro, bevor er Besorgungen machte. Heute Abend würde er ins Theater gehen, damit sie in Ruhe ihre Party geben konnte. Sie wollte ihn unbedingt vorher sprechen. Er saß am Frühstückstisch und las die Zeitung. Ihr Vater war ein Gewohnheitsmensch.

„Guten Morgen." Christina setzte sich und nahm Orangensaft.

„Guten Morgen. Alles Liebe zum Geburtstag. Du bist schon auf?", er legte die Zeitung beiseite.

„Ja, du hast ein Versprechen einzulösen."

„Ein Versprechen? Dein Geschenk steht vor der Tür. Aber das weißt du ja." Ihr Vater war kein fantasievoller Schenker. Sein Geschenk, einen Kleinwagen, hatte sie aussuchen.

„Das meine ich nicht."

Er zog die Brauen hoch.

„Du wolltest mir die Wahrheit über Mutters Unfall erzählen, wenn ich volljährig bin."

„Ach, Christina. Doch nicht zwei Minuten, nachdem du die Augen aufgemacht hast. Das hat doch Zeit. Lass uns Morgen nach dem Mittagessen reden. Genieße den Tag."

Am liebsten hätte Christina laut aufgeschrien, doch der Gesichtsausdruck ihres Vaters hielt sie zurück.

Am nächsten Tag ließ sie keine Ausreden gelten.

„Warum reicht es dir nicht zu wissen, dass sie durch einen Unfall gestorben ist. Wieso interessieren dich die Details? Sie ändern nichts an der Tatsache: Sie ist tot."

„Nein, aber ich möchte wissen, warum sie gestorben ist. Wieso ich ohne Mutter aufwachsen musste."

„Es war ein Unglück. Es gibt keinen Grund."

„Wie ist es passiert? Das darf ich ja wohl erfahren, oder?"

„Gut. Ich will nicht streiten. Es war ein Autounfall. Soviel weißt du schon. Ein kurzer Augenblick der Unachtsamkeit deiner Mutter. Sie war nicht angeschnallt. Vielleicht hast du gequengelt und sie hat sich zu dir umdrehen oder den runtergefallenen Schnuller aufheben wollen. Ungebremst fuhr ihr Wagen in einen Kleintransporter. Der kam von rechts, hatte Vorfahrt. Die Ersthelfer fanden Lydia bewusstlos. Du weintest, warst aber unverletzt.

Deine Mutter war nur kurz benommen und die Sanitäter durften sich ausschließlich um dich kümmern, für sich lehnte sie jede Untersuchung ab. Wir warteten im Krankenhaus. Lydia war sehr gefasst, dann teilten die Ärzte uns mit, dass du keine schwerwiegenden Verletzungen hast. Plötzlich spuckte Lydia Blut und dann ging es ganz schnell. Sie starb in meinen Armen. Ich wollte die Ärzte verklagen, warf ihnen unterlassene Hilfeleistung vor. Sie war bei dem Unfall nicht angeschnallt gewesen. Das stellte man erst fest, als man ihre Verletzungen untersuchte. Ob es eine Buße sein sollte, die Lydia sich auferlegte, weil sie dir ein Leid zu gefügt hat, weiß ich nicht. Wahrscheinlich hat sie aus Sorge um dich tatsächlich keine Schmerzen gespürt."

Als ihr Vater endete, wünschte Christina, sie hätte nicht so drängend nach der Wahrheit gefragt. Was sollte sie nun damit anfangen? Ihre Mutter hatte den Unfall selbst verschuldet. Sich Sorgen um das eigene Kind zu machen, ist normal. Aber warum nahm sie für sich selbst keine ärztliche Hilfe in Anspruch? Christina schaute zu ihrem Vater. Er saß gedankenverloren da, blickte aus dem Fenster. Starr war sein Blick. „Er denkt an Mutter", Christina wusste, wie viel ihm seine Frau bedeutet hatte. Das Hochzeitsfoto stand auf dem Sideboard. Vom Esszimmertisch aus konnte er es sehen. Oft beobachtete ihn Christina dabei, wie er es in Händen hielt, scheinbar im stummen Dialog mit seiner Frau. Bis vorhin glaubte Christina, er gäbe sich selbst die Schuld an ihrem Tod. Deshalb hatte sie vehement nach der Wahrheit gefragt. Um ihn zu quälen, gestand sie sich ein.

„Bis du nun zufrieden?" Tonlos, ohne sie anzuschauen, kam die Frage.

„Ja, und ich habe keine Ahnung, warum du so ein großes Geheimnis darum gemacht hast."

Ein kurzer Blick, dann schaute er zum Fenster hinaus. Ein Schauer lief über Christinas Rücken. Nicht sich gab er die Schuld, sondern ihr. Wenn sie nicht mit im Wagen gewesen wäre, wenn sie nicht die Aufmerksamkeit ihrer Mutter auf sich gelenkt hätte, wäre sie vielleicht noch am Leben.

Christina verließ das Zimmer. Weinte die ersten Tränen als Erwachsene. Ihre Mutter hatte sie geliebt, jede Mutter hätte so gehandelt, oder nicht? „Ich will keine Schuld haben", dachte Christina, wie konnte sie nur so dumm sein. Wütend warf sie sich aufs Bett und dachte: „So bitter schmeckt Wahrheit."

„Wie würden die Zwillinge die Wahrheit über ihre Mutter aufnehmen?" Wahrscheinlich genauso wenig wie ihr damals. „Es wird mehr Fragen aufwerfen, für die es keine Antworten gibt. Andererseits wissen sie bereits einen Teil und sie können nur damit abschließen, wenn sie auch den Rest erfahren", ist sich Christina am Ende sicher.

Janis kommt zurück. Er reicht Jana eine Flasche Wasser. Christina hält er die andere hin.

„Hier, damit dir die Kehle nicht trocken wird, wenn du uns die Geschichte unserer Mutter erzählst."

Christina verschränkt die Arme und lehnt sich zurück.

„Das ist die Aufgabe eures Vaters, ich will ihm da nicht reinreden."

Da dreht sich Janis um und geht ohne ein Wort davon.

„Janis", ruft ihm Christina hinterher, „bleib, bitte."

Wieder baut er sich vor ihr auf. Christina sucht nach den richtigen Worten.

„Eure Mutter ist im Gefängnis."

„Oh, wie furchtbar", fällt Janis ihr ins Wort. „Da muss ihr natürlich jeder Kontakt mit den Kindern verboten werden. Was hat sie denn gemacht? Kaugummis geklaut?"

„Janis, hör auf. Jetzt lass sie doch ausreden."

„Schon gut, Jana. Jenny – eure Mutter, hat den Tod eines Menschen verschuldet."

Janis sieht sie nur an. Dann geht er.

Hilfesuchend schaut Christina zu Jana. Mit hängenden Armen sitzt sie auf dem Besucherstuhl. In ihren Augen schimmern Tränen.

„Euer Vater hat gute Gründe, euch nichts zu erzählen. Es tut mir leid, dass ihr es so erfahren habt. Wir müssen jetzt zusammenhalten, als Familie." Zur Antwort erhält sie ein leichtes Nicken.

Auf Janas weitere Fragen geht Christina nicht ein.

„Wenn Janis wiederkommt, sehen wir weiter", antwortet sie ausweichend. „Mir ist es wirklich lieber, Thorben erzählt euch davon."

Nervös laufen beide im Flur auf und ab. Christina eilig, als wolle sie damit die Zeit zwingen, schneller zu vergehen. Überholt Jana mehrmals, die in Gedanken versunken langsam einen Fuß vor den anderen setzt.

Die Bewegung der Schiebetür, die zum OP-Bereich führt, alarmiert beide. Heraus tritt der behandelnde Arzt und geht auf Christina zu. Sein Mundschutz hängt an einem Ende herunter, so dass sie den Ansatz eines Lächelns in seinem übermüdeten Gesicht erkennen kann.

„Familie Harth?" Er blickt von Christina zu Jana.

„Ja." Beide kommen näher.

„Die Operation ist gut verlaufen. Wir konnten die Kugel entfernen. Es wurden keine Organe getroffen. Herr Harth hatte großes Glück. Allerdings hat er viel Blut verloren und sein Kreislauf ist instabil. Hat er in den letzten Wochen über Unwohlsein und Müdigkeit geklagt?"

„Äh, ja. Aber nicht erst seit Wochen, das ist ein Dauerzustand. Er arbeitet im Schichtdienst und hat oft Bereitschaft."

„Verstehe. Ihr Mann hat ungewöhnlich heftig auf die Verletzung reagiert. Einblutungen in den Thorax rufen oft Komplikationen hervor, aber bei seinem Alter und seiner Kondition war damit nicht zu rechnen. Wir werden weitere Untersuchungen durchführen, sobald er wieder bei Bewusstsein ist. Im Moment müssen wir ihn im künstlichen Koma halten, bis sich sein Zustand stabilisiert hat. Wenn Sie sich noch etwas gedulden, können Sie zu ihm."

Im Gehen zieht er sich die Haube vom Kopf. Seine Haare stehen wirr ab. Christina lächelt.

„Gott sei Dank." Jana lässt sich erleichtert auf einen der Stühle fallen. Das Schlimmste ist überstanden. Schnell schreibt sie eine SMS an ihren Bruder.

Christina will zur Normalität zurückfinden. Unvermittelt fragt sie: „Habt ihr schon Pläne für euren Geburtstag nächste Woche?"

Verwirrt blickt Jana sie an, braucht einen Moment, um dem Gedankensprung zu folgen.

„Janis will seinen Jungs ein Bier ausgeben. Ich würde gerne eine Party machen, ganz spontan, wer kommt ist da … mal abwarten, wie schnell es Papa wieder besser geht."

Christina nickt zustimmend.

Plötzlich richtet Jana sich auf.

„Habe ich dir von meinem Geschenk für Janis erzählt?", fragt sie, wohlwissend, dass sie es nicht getan hat.

„Ich schenke ihm einen Salsa-Kurs", platzt sie heraus, ohne eine Antwort abzuwarten. Christina kann ihre Skepsis nicht verbergen. Sportliche Betätigungen hält Janis für Zeitverschwendung.

„Klar, nicht gerade die Superidee, aber mir macht Salsa total Spaß und Janis kann sich so toll bewegen, hat echt Rhythmus im Blut. Wenn er es erst ausprobiert, wird es ihm gefallen. Glaube ich. Wir Mädels stehen drauf. Was meinst du?"

Die Frage schwebt einen Moment zwischen den beiden, als wisse sie nicht recht wohin. Für zwischenmenschliche Fragen ist Thorben zuständig. Christina analysiert Probleme, sucht Lösungsansätze, bei Gefühlen hält sie sich gerne zurück. Sie weiß, wenn Janis einen guten Tag hat, wird er sich artig bedanken und die Termine aus Versehen vergessen. An einem schlechten Tag wird er Jana beschimpfen und ihr vorwerfen, sich nur einen Partner für den Kurs sichern zu wollen. Thorben würde Jana mit einfühlsamen Worten beibringen, die Idee fallen zu lassen. Für Christina ist es ein schwer lösbares Problem, ihre Meinung wohlverpackt zu äußern, ohne Jana vor den Kopf zu stoßen.

Sie räuspert sich. „Weißt du, Jana, es ist genauso schwer zu schenken, wie beschenkt zu werden." Sie startet einen Versuch: „Vielleicht kann ich dir das Dilemma am besten mit einem Beispiel aus meiner eigenen Kindheit erklären."

An Christinas dreizehntem Geburtstag hielt ihr Vater ihr einen Vortrag. Sie sei alt genug, Verantwortung zu übernehmen und er wolle ihr etwas schenken, für das sie alleine sorge müsste. Kurz regte sich die leise Hoffnung, er würde ihr endlich einen Hund schenken. Doch Christina bekam ihren ersten Rosenstock. Heinrichs große Leidenschaft waren seine Rosen. Die Sonntagvormittage verbrachte er im Garten. Der Gärtner kümmerte sich um das meiste, nur die Pflege der Königin der Blumen ließ sich Vater nicht nehmen.

Gleich nach dem Frühstück, es war ein Sonntag, gingen sie in den Garten.

„Zuerst graben wir ein Loch", begann er die Lektion.

„Es muss eineinhalb Mal so groß sein wie der Ballen des Rosenstocks."

Sie brauchten länger als eine Stunde. Danach betrachtete der Vater stolz ihr Werk. Christina konnte sich nur ein müdes Lächeln abringen.

„Jetzt können wir gemeinsam im Garten werkeln."

Für Christina klang das wie eine Drohung. Sie hatte sich längst damit abgefunden, dass sie nicht an oberster Stelle auf der Prioritätenliste ihres Vaters stand. Und plötzlich wollte er mehr Zeit mit ihr verbringen. Sonntagmorgens. Da wollte sie lieber ausschlafen.

Dennoch sorgte sie pflichtbewusst für den Rosenstock. Befolgte alle Ratschläge ihres Vaters. Nach sechs Wochen war die Pflanze jedoch eingegangen. Obwohl sich ein schlechtes Gewissen meldete, da sie wusste, wie man Pflanzen versorgt. Mit dem Wissen, dass Essig die gesündeste Pflanze klein kriegt, gewann sie ihre Sonntagmorgen zum Ausschlafen zurück. Und im Grunde genoss sie ihren Sieg.

„Krass. Das war ja echt fies", bemerkt Jana kichernd, als Christina geendet hat.

„Also, wenn Janis wegen des Gutscheins meckert, weiß ich jetzt, von wem er das geerbt hat", bemerkt Jana.

Doch dann fällt ihr ein, dass das nicht stimmt, nicht sein kann. Betreten blicken beide zu Boden.

Janis Harth

Hastig verlässt Janis das Krankenhaus. Die Wut schnürt ihm den Hals zu. Wie konnte sein Vater sie so hintergehen? Jahrelang hat er sie angelogen, ihnen die wahre Mutter vorenthalten. Ist sie eine Mörderin? Trotz des glühenden Zorns überläuft ihn ein Schauer. Auch wenn es gute Gründe gibt, sie von ihrer Mutter fernzuhalten, sind sie alt genug, ihre eigenen Entscheidungen zu treffen.

Mit dem Bus fährt er nach Hause. Will sich mit seiner Leadgitarre den Frust heraus spielen. Die Akkorde klingen abgehackt, falsch. Falsch wie sein Leben. Seine Finger halten verkrampft den Hals der Gitarre. Bewegen sich nicht schnell genug. Er kann den Takt nicht halten – mal zu schnell, mal zu langsam. Janis gibt nicht auf, spielt sich in Rage, bis seine Fingerspitzen schmerzhaft brennen. Erst dann legt er das Instrument zur Seite.

Sein Smartphone zeigt eine Nachricht von Jana:

„Op gut gelaufen liegt im künstlichen koma. Christina gibt keine news, warte auf dich."

Er steht am Fenster, starrt hinaus. Weiß nicht, wohin mit seinem Ärger. Er ist sauer auf seinen Vater. Viele Fragen gehen ihm durch den Kopf, er braucht Antworten. Da klingelt das Telefon.

„Gut, dass ich jemanden erreiche." Janis hört die Erleichterung in Pauls Stimme, Vaters Partner.

„Ist Christina noch im Krankenhaus?"

„Ja, die OP ist gut gelaufen", antwortet Janis mechanisch.

„Hab schon gehört. Ich wollte euch sagen, dass wir den Dreckskerl haben. Die Kollegin hat ihn mit einem gezielten Schuss außer Gefecht gesetzt."

Erst nach einem Augenblick meint Janis: „Toll. Ich richte es aus."

„Danke", Paul ist anzumerken, dass er sich über das mangelnde Interesse an seinem Erfolg ärgert.

„Dann mach's mal gut."

Plötzlich fällt Janis etwas ein: „Paul, Sie kennen Vater schon lange, oder?"

„Ja, wir lernten uns kennen, da war er in deinem Alter."

„Dann kennen Sie auch meine Mutter?" Janis hält den Atem an.

„Christina? Natürlich, mein Junge, dass muss du doch wissen", antwortet Paul mit einem Lachen.

„Ich meine meine leibliche Mutter." Leiblich – das Wort geht Janis nur schwer über die Lippen. Scheint auf seiner Zunge festzukleben und verbreitet einen widerlichen Geschmack.

Am anderen Ende der Leitung herrscht Stille. Dann räuspert sich Paul.

„Wie kommst du jetzt darauf? Das sind alte Geschichten, längst vergessen."

„Was ist damals passiert?"

„Belaste dich nicht mit der Vergangenheit", weicht Paul aus.

„Wen soll sie ermordet haben? Warum hat Papa den Kontakt abgebrochen?"

Immer neue Fragen schießen Janis durch den Kopf.

„Thorben hat gute Gründe, euch im Unklaren zu lassen. Ich kann das gut verstehen."

„Jetzt weiß ich nun mal, dass meine Mutter noch lebt. Da will ich den Rest auch noch wissen. Jeder hat eine zweite Chance verdient." Janis tritt gegen den Papierkorb.

„Die Wahrheit wird dir weder helfen noch gefallen, glaub mir. Es ist besser so."

„Ich bin alt genug, selbst zu entscheiden."

„Nun, dann fragt Christina. Ich war damals dabei, habe mich aber nicht mit den Hintergründen befasst."

„Christina?"

„Ja, sie kann dir alles sagen. Sie war unmittelbar betroffen. Mehr will ich dazu nicht sagen. Solche Angelegenheiten sollten in der Familie geregelt werden. Da mische ich mich nicht ein."

Bevor Janis noch etwas erwidern kann, legt Paul auf.

Christina Holzer

Eine Weile sitzen Christina und Jana schweigend im sterilen Krankenhausflur. Sobald sich die Tür zur Intensivstation öffnet, schrecken beide hoch. Doch jedes Mal eilt nur eine Krankenschwester vorbei.

„Wie alt warst du, als dein Vater gestorben ist?" Janas Frage bringt Christina aus der Fassung.

„Thorben wird durchkommen."

„Ich wollte wissen, ob ihr euch noch annähern konntet."

Mit einer Hand fährt sich Christina durchs Gesicht. Sie denkt nicht gerne an ihren Vater.

„Nein, eigentlich nicht. Wir waren zu unterschiedlich. Ich denke, er wollte mich seiner Vorstellung von der perfekten Tochter anpassen. Genau wie ich ein Bild des perfekten Vaters hatte, von dem er meilenweit entfernt war. Wenn meine Mutter nicht so früh gestorben wäre, hätte vielleicht alles anders kommen können. Ihr Tod hat Vater schwer getroffen."

Jana nickt bedächtig: „Papa hatte großes Glück, dass er dich als Ersatzfrau gefunden hat. Und wir auch."

Unbehaglich rutscht Christina auf dem unbequemen Stuhl hin und her. Das Gespräch nimmt einen Verlauf, der ihr nicht gefällt. Im Moment will sie nicht über Mütter reden und versucht, das Gespräch in eine andere Richtung zu lenken. Lieber erzählt sie von ihrem Vater. Das Gefühl, von ihm nicht geliebt worden zu sein, hat ihr Leben geprägt.

Christinas erster Schultag war eine Katastrophe. Tagelang freute sie sich darauf. Doch ihr Vater hatte keine Zeit, sie zu begleiten. Stattdessen drückte er ihr eine riesige Schultüte in die Arme und einen Kuss auf die Stirn.

„Du schaffst das. Ich wünsche dir viel Erfolg."

Er hatte die Haushälterin, Frau Schröder, beauftragt, Christina zur Schule zu bringen. Sie war kurz nach Mutters Tod eingestellt worden. Christina durfte sie nie beim Vornamen nennen, doch an diesem Tag jedoch wurde sie ihr eine gute Freundin.

Sie fuhren in Frau Schröders rotem VW Käfer zur Schule. Christina durfte vorne sitzen, zusammen mit ihrer Schultüte. Beim Anblick der anderen Kinder, bei vielen waren beide Elternteile dabei, wurde ihr flau im Magen. Frau Schröders aufmunterndes Lächeln half ein bisschen. Sie blieb, bis die Schulglocke ertönte. Die Kinder mussten sich in einer Reihe aufstellen und dann marschierten sie in die Klassenzimmer. Die meisten Kinder winkten ihren Eltern zum Abschied zu. Auch Christina hob zaghaft ihre Hand und Frau Schröder winkte zurück.

„Viel Spaß, Christel." So nannte sie Christina nur, wenn sie alleine waren. Herr Holzer hielt nichts von Kosenamen.

Die Klassenlehrerin wies den Kindern ihre Plätze zu. Neben Christina in der ersten Reihe, direkt am Pult, saß ein Mädchen mit langen blonden Haaren. Ihre erste Aufgabe bestand darin, einzeln aufzustehen und den eigenen Namen zu nennen. Christinas Tischnachbarin war als Erste dran.

„Ich heiße Anna Christina Alt."

Dann stand sie auf.

„Ich heiße Christina Holzer."

„Ach, die anner Christina", tönte es aus der letzten Reihe.

Die ganze Klasse lachte über Maxis Witz. Christina wäre am liebsten im Boden versunken oder weggelaufen. Dann drückte ihr Anna die Hand.

„Schön, dass wir den gleichen Namen haben. Mich nennen alle nur Anna."

Da ging es Christina besser. Später durften die Kinder ihre Schultüten auspacken. Christinas war mit Abstand die Größte. Wieder war es Maxi, der mit einer Bemerkung nach Aufmerksamkeit heischte.

„Ist da ein Pony drin?" Alle lachten. Dafür hasste sie ihn.

„Nein, da sind Geschenke für euch drin", antwortete sie und jeder durfte sich etwas aus der Schultüte herausholen. Da lachte keiner mehr und alle fanden sie toll.

Frau Schröder holte Christina ab. Sie fuhren nicht nach Hause, sondern zur Kellerei. Heinrich Holzer veranstaltete ein Grillfest für seine Mitarbeiter, Christina zu Ehren. Von allen Seiten wurde ihr zugeprostet, viele fragten nach dem ersten Schultag. Nur ihr Vater nahm sich keine Zeit. Immerhin stand er selbst am Grill. Frau Schröder wich nicht von ihrer Seite. Sie versorgte sie mit Essen und Trinken und füllte mit lustigen Bemerkungen die Gesprächslücken, die entstanden, wenn die Mitarbeiter Christina ansprachen und die nur wortkarg antwortete.

Sie lag schon im Bett, als ihr Vater abends nach Hause kam. Sein erster Weg führte ihn zu ihr.

„Na, Christina, hattest du einen schönen Tag?" Er setzte sich auf den Bettrand.

„Ja." Doch sie war enttäuscht und nicht in Plauderstimmung. Es sollte ein besonderer Tag sein und dazu zählte für sie nicht, der Grund für ein Betriebsfest zu sein.

„Wie hat dir der Füllfederhalter gefallen?"

Sie schluckte: „War der in der Schultüte? Falls ja, dann habe ich ihn verloren."

Vater krauste die Stirn.

„Es ist spät, ich muss schlafen, morgen habe ich Schule."

„Christina?! Dein Name war eingraviert. Das war kein 08/15 Füller."

„Gute Nacht", sagte sie und drehte sich zur Wand. Heinrich blieb noch sitzen, sprach kein Wort. Als er endlich ging, war ihr Kissen schon nass, von Tränen, die lautlos über ihre Wagen liefen.

„Du hast es deinem Vater nicht einfach gemacht", meint Jana nachdenklich.

„Nein, eigentlich hat er es sich zu einfach gemacht. Ich wollte kein großes, teures Geschenk und nicht im Mittelpunkt stehen. Mir hätte es gereicht, mehr Zeit mit ihm zu verbringen."

„Dann bist du in den Familienbetrieb eingestiegen, weil dein Vater gestorben war?", fragte Jana interessiert.

„Nein. Ich fand früh Gefallen an der Arbeit. Allerdings wollte Vater nicht mich an der Spitze sehen, sondern bevorzugte einen geeigneten Schwiegersohn. Das habe ich ihm nie verziehen. Er hat mir nichts zugetraut. Dabei habe ich das Unternehmen mindestens so gut wie er und Marc weitergeführt – allein."

Wie zur Bestätigung ihrer Worte nickt Christina. Jana runzelt die Stirn.

Da klingelt Christinas Smartphone.

„Hallo Frau Jonas", begrüßt sie ihre Sekretärin mit einem Seufzer: „Gibt es etwas dringendes?"

„Wie geht es Ihrem Mann?"

„Die OP ist gut verlaufen. Die Ärzte haben entschieden, ihn ins künstliche Koma zu versetzen. Wir dürfen gleich zu ihm."

„Das freut mich zu hören, Frau Holzer." Frau Jonas holt tief Luft: „Umso mehr tut es mir leid, Sie damit zu belästigen, aber ich brauche dringend ihre Unterschrift für die Zahlungen. Ich habe leider niemanden sonst für die zweite Unterschrift."

„Okay, ich komme schnell vorbei." Christina beendet das Gespräch und bevor sie etwas zu Jana sagen kann, meint diese: „Schon gut, ich halte die Stellung."

Christina eilt hinaus. Ihr fällt ein, dass sie kein Auto dabei hat. Am Empfang lässt sie sich ein Taxi rufen. Endlos kommen ihr die Minuten des Wartens vor. Lieber würde sie bei Jana sitzen. Ihr Pflichtgefühl lässt sie nicht los – das gegenüber ihrer Kellerei, die Familie steht hinten an. Schließlich trägt sie die Verantwortung für fast dreißig Mitarbeiter. Sie kann nicht riskieren, dass ihr Unternehmen in Misskredit kommt. Die Zahlungen sind für einen neuen wichtigen Lieferanten. Andererseits, ihr Mann liegt im Krankenhaus, ringt mit dem Tod. Obwohl der Arzt zuversichtlich geklungen hat, ist sich Christina bewusst, dass Thorben noch nicht über den Berg ist. Gerade als sie zurück ins Krankenhaus gehen will, kommt das Taxi. Sie steigt ein.

Jana Harth

Jana rutscht unbehaglich auf dem Stuhl hin und her. Der Gang ist menschenleer. Von irgendwoher hört sie leise Stimmen und Geklapper von Geschirr. Das macht ihr die Einsamkeit erträglicher.

Sie versucht, sich an das Gesicht ihrer Mutter zu erinnern. Sie weiß, sie sieht ihr ein bisschen ähnlich. In einer Bücherkiste auf dem Dachboden liegt ein altes Familienfotoalbum. Zufällig hatte sie es vorletztes Jahr entdeckt und darin geblättert. Die letzten Bilder waren im Garten bei einer Party entstanden. Ihre Mutter saß neben einem fremden, gutaussehenden Mann. Sie sah hübsch aus, nicht wie eine gestresste Mutter mit Zwillingen. Die meisten Bilder zeigten Thorben, Janis und sie beim Toben.

Erst jetzt in der Erinnerung daran fällt Jana auf, dass die Bilder im Garten ihres Hauses gemacht worden waren. Damals konnten sie unmöglich dort gewohnt haben. Es war Christinas Elternhaus. Jana ärgert sich, ihren Vater nicht danach gefragt zu haben. Der Dunkelhaarige muss Christinas Ehemann gewesen sein und der Ältere am Grill Christinas Vater.

In Janas Kopf kreisen die Gedanken. Vater und Christina kannten sich somit schon vor Jennys Unfall – oder dem Vorfall. Sie war bisher davon ausgegangen, dass Christina zu dem Zeitpunkt schon von ihrem Mann getrennt war. Die Bilder waren im Sommer 1995 entstanden.

Janis hat sich auf ihre SMS noch nicht gemeldet. Mobil geht die Mailbox dran, das Festnetz zu Hause ist besetzt. Schnell schreibt sie ihm über What's App, dass er sich melden soll. Dann kommentiert sie einige Chats von gestern Nacht. Verrückt, womit sich manche ihrer Freunde mitten in der Nacht beschäftigen. Ein leiser Klopfton kündigt Janis' Nachricht an.

„was neues"

„nö, bin daneben"

„ach was"

„können wir reden"

Schon klingelt ihr Smartphone.

„Hi, bist du noch im Krankenhaus?"

„Ja, wo sonst?"

„Mann, echt Scheiße, das alles", macht Janis seinem Frust Luft. „Eben hat Paul angerufen, der war damals dabei. Er wollte nix erzählen, aber er sagt, dass Christina alles weiß. Ich will nicht warten, bis Papa wieder fit ist, ich brauche jetzt Antworten."

Jana nagt an der Nagelhaut ihres Daumens.

„Ich weiß nicht. Vielleicht will ich es gar nicht so genau wissen."

„Na, typisch. Machst wieder einmal die Augen zu vor der Realität."

„Es ändert doch nichts. Ob wir nun wissen, was passiert ist oder nicht. Christina sagt, unsere Mutter wollte uns verlassen. Sie hätte sich bei uns melden können. Papa hätte es nie geschafft, uns komplett abzuschirmen. Mal darüber nachgedacht?", antwortet Jana nicht minder ärgerlich.

„Das soll sie mir ins Gesicht sagen. Darum geht es mir gar nicht. Ich will wissen, was passiert ist. Ob ich unsere Mutter kennenlernen möchte, kann ich dann entscheiden. Es geht darum, dass uns Papa angelogen hat. Wenn es dafür gute Gründe gibt, dann will ich die erfahren."

„Hm, ja, vielleicht hast du Recht. Aber Papa kann uns im Moment nichts sagen. Glaubst du, er wird wieder fit?"

„Klar", antwortet Janis ohne Zögern, „der ist nicht klein zu kriegen."

Dann schweigen beide, hängen ihren Gedanken nach.

„Kommst du wieder her?"

„Ja, ich komme bald. Aber ich will endlich die Wahrheit wissen. Ich lasse mich nicht damit abspeisen, dass uns Papa alles erzählen soll. Christina kann aus erster Hand berichten."

„Bis später", mehr mag Jana nicht dazu sagen und unterbricht das Gespräch.

Christina Holzer

„Gibt es etwas Neues?", fragt Christina bei ihrer Rückkehr und setzt sich neben Jana, die stumm den Kopf schüttelt. Sie legt den Arm um deren Schulter, versucht Trost zu spenden.

„Thorben ist ein wundervoller Vater. Er wollte euch beschützen, euch den Schmerz ersparen. Du darfst an seiner Liebe nicht zweifeln. Was hätte ich darum gegeben, dass mein Vater mich so geliebt hätte wie Thorben euch. Nur die Liebe zu unserer Kellerei verband meinen Vater und mich. Ich war ein paar Jahre jünger als du jetzt, als ich dies erkannte."

In der neunten Klasse muss ein Betriebspraktikum gemacht werden. Für Christina kam nur etwas mit Tieren in Frage. Sie hatte bei mehreren Tierarztpraxen angerufen und tatsächlich eine Zusage bekommen. Die meisten aus ihrer Klasse hatten in Banken oder größeren Unternehmen im Büro einen Platz gefunden, selbst die Jungs zeigten wenig Interesse, sich die Finger schmutzig zu machen. Für die meisten war es ein notwendiges Übel, das sie mit geringem Aufwand hinter sich bringen wollten. Christina freute sich riesig darauf, umso größer war die Enttäuschung, als sie drei Tage vor Beginn doch noch eine Absage erhielt. Der Tierarzt rief persönlich an. Er hatte sich einen komplizierten Oberschenkelhalsbruch zugezogen. Die Praxis konnte zwar seine Frau allein weiterführen, für eine Praktikantin sei aber keine Zeit übrig.

Der Anruf kam am frühen Abend. Heinrich Holzer legte großen Wert darauf, dass sie gemeinsam zu Abend aßen. Deshalb hörte er das Gespräch mit. Sie konnte ihre Enttäuschung nicht verbergen und Tränen rollten über ihre Wangen. Am Freitagabend waren die Chancen, einen anderen Praktikumsplatz zu finden, verschwindend gering. Zumal sie alle Tierärzte in für sie erreichbarer Nähe schon kontaktiert hatte.

„Schlechte Nachrichten?“, fragte Vater nach einer Weile.

Sie erklärte ihm die Situation.

Er nickte und meinte: „Es wird schwierig, einen Ersatz zu finden. Aber du kannst das Praktikum bei mir im Vorzimmer machen. Am Montag fängt eine neue Mitarbeiterin an, als Unterstützung für Frau Lehmann. Sie muss also alle Vorgänge erklären und ob nun eine oder zwei Personen zuhören, dürfte keinen Unterschied machen.“

Christina schaute ihn verblüfft an. Konnte nicht glauben, dass er sie zwei Wochen in seiner unmittelbaren Nähe dulden wollte.

„Ich weiß, es ist nicht ideal. Aber im Grunde geht es darum, eine gute Note für den Bericht zu bekommen. Und die Arbeit im Vorzimmer ist abwechslungsreich, da wird nicht nur Kaffee gekocht.“

So kam es, dass sie ihr Praktikum im Unternehmen ihres Vaters machte. Falls Frau Lehmann mit der Lösung nicht einverstanden war, konnte sie es gut überspielen. Sie war groß, schlank und immer freundlich. Die neue Mitarbeiterin war wie ihr jüngerer Klon. Christina fühlte sich anfangs unbehaglich. Schrieb fleißig alle Erläuterungen mit. Sie spürte, hier war das Zentrum der Macht. Hier liefen alle Fäden des Unternehmens zusammen, wurden gebündelt, sortiert und in übersichtlichen Portionen an ihren Vater weitergegeben.

Am spannendsten fand sie es, wenn ihr Vater seine Korrespondenz diktierte. Sobald aus der Gegensprechanlage sein „Bitte zum Diktat“ ertönte, wurde alles stehen und liegen gelassen. Frau Lehmann griff nach ihrem Stenoblock, fünf Bleistiften und ging ins Chefbüro, die Neuen im Schlepptau. Die beiden ausgebildeten Sekretärinnen schrieben mühelos alles mit, was Heinrich Holzer sprach. Und Christina lauschte. Verstand nicht alles, aber es faszinierte sie. Nie hatte sie sich Gedanken gemacht, wie der Wein, den ihr Vater verkaufte, in die Flaschen kam.

Die zwei Wochen vergingen rasend schnell. Zum ersten Mal konnte sie ihren Vater verstehen, warum ihm seine Arbeit so viel bedeutete. So entstand die Idee, ins Familienunternehmen einsteigen zu wollen.

„Janis hat den Praktiumsplatz bei dir in der Firma abgelehnt", erinnert sich Jana.

„Ja, das fand ich schade. Aber er wollte lieber etwas Kreatives machen und in dem Architektenbüro hat es ihm gut gefallen."

„Mir hast du keinen Platz angeboten."

Janas Stimme klingt anklagend. Entgeistert dreht sich Christina zu ihr hin.

„Hättest du es in Erwägung gezogen?"

Wieder schimmern Tränen in Janas Augen: „Ja, ich hätte gerne mit dir zusammen gearbeitet. Ich finde es toll, wie..." Ihre Stimme kippt. Jana springt auf und läuft davon.

Jana Harth

Jana ärgert sich über ihre Tränen. Sie kann nicht verstehen, warum Christina so begriffsstutzig ist. Sie ist diejenige, die sich nach der Kellerei erkundigt. Janis und Thorben hören nur mit mäßigem Interesse zu, wenn Christina von ihrer Arbeit spricht. Eigentlich hat Jana nie ihre leibliche Mutter vermisst. Als Kind stand ein Foto von Jenny mit den Zwillingen neben dem Bett. Bei der Gute-Nacht-Geschichte hatte ihr Vater es oft umgedreht. Irgendwann war es verschwunden und Jana hat nie danach gefragt. Ihr war die Frau fremd geblieben. Keine Erinnerung an sie. Christina war immer da gewesen.

Wenn sie Fragen stellte, waren diese knapp beantwortet worden. Meistens erzählte ihr Vater dann von irgendwelchen Prinzessinnen, um abzulenken. Christina war oft distanziert zu Jana. So als würde sie sich in der Rolle der Mutter nicht wohlfühlen. Jana leidet darunter. Jetzt wird ihr klar, dass Christina sich zurückhält, weil ihre leiblich Mutter noch lebt.

Jana läuft aus dem Krankenhaus hinaus und ziellos durch die Straßen. Findet sich wieder vor einem Fastfood Restaurant, das geöffnet hat. Dort gibt es WLAN. Jana grinst: „Man muss die Flat ja nicht unnötig belasten." Genauso hätte Christina entschieden. Mit einem Cappuccino und einer Apfeltasche setzt sie sich ans Fenster.

Nach einem Blick auf ihre Uhr entscheidet sie, dass es spät genug ist für einen Anruf bei ihrer Freundin.

„Hi, kannst du Gedanken lesen?" Laura nimmt sofort ab.

„Gerade habe ich beschlossen, heute im Bett zu bleiben. Und schon ruft mein schlechtes Gewissen an."

Jana schweigt, weiß nicht recht, wie sie ihrer besten Freundin von den Ereignissen der letzten Stunden erzählen soll.

„Jana, was ist denn? Du sagst ja gar nichts."

„Ich bin im Krankenhaus."

„Was? Ich komme sofort, in welchem, was hast du denn?"

„Nein, mir geht es gut. Mein Vater wurde angeschossen. Er liegt im Koma, wir dürfen gleich zu ihm. Aber deshalb ruf ich nicht an."

„Deshalb nicht?"

„Meine Mutter lebt", platzt Jana heraus.

„Häh, wie jetzt?"

„Na, meine richtige Mutter. Papa hat uns erzählt, dass sie gestorben ist, als wir noch klein waren, aber das ist nicht wahr. Sie lebt. Christina hat sich verplappert."

„Ah, ist das nun gut oder schlecht? Mir ist eine Mutter schon zu viel und du hast jetzt zwei. Das gibt Stress."

„Darum geht es nicht. Papa hat uns angelogen, jahrelang."

„Und warum hat sich eure Mutter das gefallen lassen? Ist doch nicht normal."

„Na ja, sie ist im Gefängnis."

Jana bereut, ihre Freundin angerufen zu haben. Sie wollte Ordnung in das Wirrwarr bringen, ihre Gedanken teilen. Nicht noch mehr Fragen, auf die sie keine Antworten weiß.

„Eine Knastmutter? Da solltest du froh sein, dass das ein Geheimnis ist. Was glaubst du, was los ist, wenn das raus kommt."

„Laura, nur weil sie im Gefängnis sitzt, muss sie doch kein schlechter Mensch sein."

„Nee, aber danach fragt keiner. Mensch, Jana, du willst die doch nicht kennenlernen. Warum ist sie denn im Knast?"

„Weiß nicht. Du, ich muss Schluss machen."

„Kommst du noch zur Schule?"

„Sicher nicht. Bis dann."

„Bye."

Lauras Worte klingen in ihr nach.

´Knastmutter`

`Willst du sie kennenlernen?`

Natürlich wollte sie das. Oder nicht?

'Sie hat den Tod eines Menschen verschuldet.'

Was sollte das heißen? Hat sie jemanden totgefahren? Unterlassene Hilfeleistung oder wie das heißt. Sie wünscht, nie davon erfahren zu haben. Außer dem Tod gibt es keinen guten Grund, seine Kinder im Stich zu lassen. Ihre Mutter hat den Kontakt abgebrochen, ob nun freiwillig oder nicht. Das war Tatsache. „Wenn sie nix von mir will, dann will ich auch nix von ihr wissen."

Jana packt ihre Sachen und geht zurück ins Krankenhaus.

Christina Holzer

Wenige Stunden sitzt sie hier, doch sie kommen ihr vor, als wären Tage vergangen. Ihre Augen schmerzen, die Neonleuchten brennen auf ihrer Netzhaut. Den Kopf im Nacken starrt sie nach oben, zählt die Löcher in den Deckenplatten.

Die Putzkolonne nähert sich über den langen Flur. Ein Rädchen quietscht, reißt an ihren Nerven. Am liebsten würde sie aufspringen und schreiend weglaufen, doch sie wird hier gebraucht. Oder nicht? Der beißende Geruch des Desinfektionsmittels steigt ihr in die Nase und sofort rebelliert ihr leerer Magen. „Noch ein kleines bisschen, dann sind die Klos sauber, dann kann ich mich übergeben. Könnte ich doch nur alle meine Probleme auskotzen und die Toilette runterspülen."

Seit Jana weggegangen ist, fühlt sie sich noch einsamer. Nicht nur körperlich. Die Angst des Verlassen-Werdens schnürt sie ein, nimmt ihr den Atem. „Beim Versuch, eine gute Ersatzmutter zu sein, habe ich die gleichen Fehler wie mein Vater gemacht. Im Glauben zu wissen, was das Beste für meine Lieben ist, vergesse ich, sie nach ihren Wünschen zu fragen."

Die aufwühlenden Ereignisse dieser Nacht beschwören Erinnerungen herauf, die sie sorgsam verpackt in die tiefsten Niederungen ihres Gedächtnisses verbannt hat. Ungern denkt sie daran. Rückblickend gab es viele schöne Tage in ihrer Kindheit trotz der vielen Missverständnisse und sinnlosen Kämpfe zwischen ihr und ihrem Vater. Irgendwann gab sie auf, darüber nachzudenken. „Wann genau wurde die Beziehung zu Vater eigentlich so schwierig?"

An einem Sonntagnachmittag im September überraschte ihr Vater sie mit einem Ausflug in den Tierpark. Frau Schröder packte ihnen einen Picknickkorb. Dann holten sie Anna und deren Mutter ab. Der

Tag versprach, fantastisch zu werden. Die Kinder saßen hinten und sangen Lieder. Die Fahrt dauerte lang, aber ihnen wurde nicht langweilig.

Gegen Mittag erreichten sie den Tierpark. Vater holte den Picknickkorb aus dem Kofferraum, direkt daneben stand ein großer, schwarzer Kasten. Der war Christina schon beim Einladen aufgefallen.

„Was ist da drin?", fragte sie.

Herr Holzer meinte beiläufig: „Ach, nichts."

Damit weckte er ihre Neugierde.

„Wollen wir gleich essen oder sollen wir erst durch den Park laufen?"

„Erst zu den Tieren", riefen die Mädchen wie aus einem Mund.

So liefen sie los, Hand in Hand. Direkt am Eingang standen die Flamingos. Ihr rosafarbenes Federkleid zog ihre Blicke an. Sie standen alle auf einem Bein im Wasser und die Köpfe bewegten sich hektisch hin und her.

Christina stupste Anna an und meinte: „Wenn du dich auf ein Bein stellst, fällst du unter denen nicht auf."

Sie zupfte den Rock ihres rosa Kleidchens gerade und hob das rechte Bein.

„Stimmt", antwortete sie.

Kichernd hüpfte Christina um sie herum: „Du musst den Kopf hin und her drehen."

Damit brachte sie Anna aus dem Gleichgewicht.

„Jetzt ich, jetzt ich", rief sie, aber balancieren und lachen funktionieren selten gleichzeitig. Die Flamingos blieben unbeeindruckt von dem Radau.

„Wenn ihr jedes Tier nachmachen wollt, das wir heute zu Gesicht bekommen, dann werden wir nicht weit kommen", meinte Annas Mutter lächelnd.

„Ich bin gespannt, ob ihr die Lamas nachmachen wollt“, sagte Heinrich.

„Klar, hüpfen die?“, rief Christina und begann gleich damit.

„Nein, die spucken.“

Das machte die Mädchen sprach- und bewegungslos.

„Ehrlich, ohne flunkern?“

Vater nickte und Annas Mutter bestätigte es.

„Igitt“, da waren sie sich einig. Dann machten sie sich weiter auf Erkundungstour.

Nach einer Weile sagte Heinrich: „Kommt, wir essen.“

Er breitete eine Decke auf einem der Picknicktische aus und sie legten die mitgebrachten Leckereien bereit. Heinrich nahm sich nicht viel Zeit zum Essen. Er müsse für eine halbe Stunde weg, sie sollten hier warten.

Annas Mutter nickte verständnisvoll: „Wir sind hier oder bei den Flamingos.“

Von ihrem Platz aus konnte Christina sehen, dass ihr Vater zum Auto ging. Er öffnete den Kofferraum, nahm den schwarzen Kasten heraus und ging zurück zum Eingang. Dann war er aus ihrem Blickfeld verschwunden. Sie war furchtbar neugierig. Ob das eine Überraschung werden sollte? Sie sagte nichts zu Anna und ihrer Mutter, weil sie die Überraschung nicht verderben wollte. Aber was könnte es sein?

Als ihnen gerade langweilig wurde, brachte der Vater den Kasten zurück ins Auto und holte sie am Picknickplatz ab.

„Nun, seid ihr gut gestärkt?“, fragte er mit einem zufriedenen Lächeln.

„In einer halben Stunde werden die Krokodile gefüttert, habt ihr Lust, das anzuschauen?“

Sie bestaunten noch viele Tiere an diesem Tag. Richtig genießen konnte Christina es nicht. Hinter jeder Ecke vermutete sie die Überraschung. Sie starrte den Eisverkäufer an, in Erwartung einer riesigen Eisbombe, statt der Kugel Eis, die sie bestellt hatte. Als Vater ihr einen Luftballon kaufte, konnte sie sich nicht entscheiden. Blickte angestrengt in die Luftballontraube, falls ein Zettel oder Geschenk darin versteckt war. Als sie zurückfuhren, verstand sie die Welt nicht mehr.

Zu Hause drückte ihr Vater den leeren Picknickkorb in die Hände, er nahm den Kasten.

„Ist da eine Überraschung für mich drin?"

„Nein, das ist meine neue Kühlbox. Die hat Platz für bis zu zwölf Weinflaschen, jede steht in einer eigenen Kammer. Und durch die Kühlakkus, die man an allen vier Seiten hineinstecken kann, hält Weißwein bis zu drei Stunden die richtige Temperatur. War der Ausflug mit Anna nicht genug Überraschung für einen Tag?"

„Schon, aber warum hast du den Kasten mitgenommen?"

„Weil ich dort einen neuen Kunden getroffen habe. Der Inhaber des Restaurants möchte einige unserer Weine in sein Programm aufnehmen. Deshalb habe ich ihm angeboten, eine kleine Weinprobe zu machen. Und da dachte ich, wir verbinden das Nützliche mit dem Angenehmen."

Ohne weiteren Kommentar ließ sie ihn stehen und rannte ins Haus. Am liebsten hätte sie laut geschrien vor Enttäuschung. Es kam ihr ungerecht vor, ihre ganze Freude an dem Ausflug war verflogen.

In Christinas Augen brennen Tränen. Sie versucht, sie zurückzuhalten. Als Jana am Ende des Flurs auftaucht, rollen sie dennoch über ihre Wangen. Schüchtern lächelt Jana sie an und nimmt neben ihr Platz. Christina putzt sich die Nase. Ringt nach Worten. Sie kann sich gut daran erinnern, wie sie Janis im letzten Jahr mehrmals angeboten hatte, in ihrem Kellereibetrieb mitzuarbeiten. Die Marketingabteilung bestand zwar nur aus einer Mitarbeiterin, die allerdings für jede Hilfe dankbar war. Christina legt großen Wert darauf, konkrete Vorgaben zu machen, bevor die Aufträge extern vergeben werden. Sie war der Meinung, dass sich Janis mit seiner Kreativität gut einbringen könnte. Als Jana bei einem der Gespräche meinte, sie würde gerne etwas mit Zahlen machen, besorgte Christina ihr einen Praktikumsplatz bei der Hausbank.

Wieder löst sich eine Träne, rollt über ihre Wange und tropft auf die Bluse. Tatsächlich macht sie die gleichen Fehler wie ihr Vater.

„Jana, glaub mir bitte, ich stelle dich gerne ein, du kannst dir die Abteilung aussuchen. Für euch wird es immer einen Platz geben. Hast du dich entschieden, ob du nach dem Abitur eine Ausbildung machen willst oder lieber gleich studierst?"

Den Kopf an die Wand gelehnt, sitzt Jana mit geschlossenen Augen da.

„Ich habe Janis geschrieben", entgegnet sie statt einer Antwort, „er kommt her. Wir möchten mehr über unsere Mutter erfahren."

Christinas Magen krampft sich zusammen.

Da öffnet sich die Tür der Intensivstation.

„Frau Harth?", fragt der Pfleger. Beide springen auf.

„Ja", antwortet Jana mit rauer Stimme.

„Äh", der Pfleger blickt unsicher zwischen ihnen hin und her.

„Sie können jetzt zu ihm. Bitte ziehen Sie die Schutzkleidung an. Der Arzt hat Ihnen sicher gesagt, dass er im künstlichen Koma gehalten wird. Die Handys bitte ausmachen", ergänzt er, als Jana ihres herauszieht.

„Klar, ich schreib nur schnell meinem Bruder."

„Können Sie uns etwas über seinen momentanen Zustand sagen?", fragt Christina, während sie sich in der Schleuse die Schutzkleidung überziehen.

„Er liegt im Koma", antwortet der Pfleger knapp.

Christina verdreht die Augen.

„Ich meine, kann er uns hören, spürt er unsere Anwesenheit?"

„Darüber gibt es unterschiedliche Meinungen", erläutert der Pfleger jetzt bereitwillig. „Viele Patienten berichten, ihnen hat die Anwesenheit von Familie und Freunden geholfen, zurückzufinden. Manchmal können sie sich an Gespräche erinnern, die am Krankenbett geführt wurden. Achten Sie also darauf, was Sie sagen", fügt er mit einem Augenzwinkern hinzu.

Christina quittiert seine Aussage mit einem müden Lächeln.

Thorben Harth

Dieses nervige Piepen. Dabei hat es etwas Tröstliches. Thorben weiß, es hält ihn am Leben, im Leben. Er fühlt sich schwerelos. Schwerelos wie ein Luftballon, der nur von einem dünnen Bindfaden an der Erde gehalten wird. Das Piepen hält ihn. „Wie lange noch?" Seine Gedanken schweben zu Christina. Ihre Beziehung kommt ihm vor wie der Ballon. Ein Gefühl der Leichtigkeit und doch immer diese Ahnung, da ist etwas, etwas, das sie zurückhält, hemmt. Wie der Faden. Manchmal stößt sie ihn von sich, da muss er ihr Freiräume lassen. Thorben weiß, dass dann, entgegen aller Naturgesetze, der Ballon ihrer Liebe nicht davon fliegen sondern zu Boden fallen würde wie ein Stein.

Christina saß an ihrem Schreibtisch und betrachtete Diagramme, bunte Bildchen nannte Thorben sie. Er legte den Arm um ihre Taille und drückte sein Gesicht in ihre Haare.

„Brauchst du noch lange?"

„Nicht, lass mich", Christina schüttelte ihren Kopf, um ihn los zu werden.

„Hey, es ist schon spät und morgen ist auch noch ein Tag." Thorben lehnte sich an den Schreibtisch, so leicht ließ er sich nicht vertreiben. Christina ignorierte ihn.

Erst nach eine Weile des gegenseitigen Anschweigens meinte sie: „Ich bereite mich auf die Präsentation Morgen vor. Wir müssen die Bank von der Rentabilität der neuen Abfüllanlage überzeugen."

„Ein Augenaufschlag von dir und sie geben dir doppelt so viel für die Hälfte der Zinsen."

Während Thorben sprach, beugte er sich vor und küsste sie sanft aufs Ohr.

Als hätte er sie geschlagen, entzog sie sich ihm und warf ihm einen missbilligen Blick zu: „Du nimmst mich und meine Arbeit nicht ernst."

Wieder einmal fragt sich Thorben, warum Christina damals den Kontakt zu ihm und den Kindern nicht abgebrochen hat. Nach dem Tod ihres Vaters übernahm sie die Geschäftsleitung der Kellerei. Damit erfüllte sich ihr größter Traum. Doch wurde er das Gefühl nicht los, sie würde sich schämen, weil sie das Beste aus dem Unglück machte. Umso höher rechnete er ihre Hilfe an, als Jenny ins Gefängnis kam und er plötzlich als alleinerziehender Vater seinen Alltag neu organisieren musste. Sie schlüpfte in Jennys Rolle. Passte sich an seine und die Belange der Kinder an. Die Änderungen, die sie vorschlug, waren die strategisch Richtigen gewesen.

Genau dort lag das Problem. Thorben fragte sich oft, ob Christinas Entscheidungen nur aus Kalkül getroffen wurden, ohne Gefühle. Manchmal zweifelte er an ihrer Liebe. Er liebte Christina, schon vor dem Unglück. Für ihn war es ein Glück gewesen, der Ehe mit Jenny zu entfliehen. Eine Scheidung wäre für ihn nicht in Frage gekommen. Außerdem war ja auch Christina verheiratet, mit seinem besten Freund.

Ein wundervoller Sommertag neigte sich dem Ende zu. Jenny war mit den Zwillingen schon nach Hause gefahren. Nur unter Protest. Klar wäre sie lieber geblieben. Aber er setzte sich durch. Denn Grill putzen war schließlich Männersache, da durfte er sich nicht drücken. Obwohl Christinas Vater damit nicht überfordert war.

Nach getaner Arbeit saßen Thorben, Marc und Christina im Garten. Die Laternen auf der Terrasse spendeten nur wenig Licht. Kurz zuvor hatte Thorben eine Anekdote über die Zwillinge erzählt, das Lachen war verebbt. Nun schwiegen sie, hingen ihren Gedanken nach. Zeit zu gehen, aber er wollte nicht. Im Schutz der Dunkelheit betrachtete er Christina. Er brauchte kein Licht, um sich den Ausdruck ihrer blauen Augen vorzustellen. Der Alkohol verlieh ihnen ein besonderes Glitzern, das ihn schon früher erregt hatte. Sie gehörte zu den Menschen, die völlig ruhig sitzen konnten. Kein Gefummel mit den Haaren, keine nervöse Zuckungen der Füße und nicht das nervige Geklimper zahlreicher Armreifen wie bei Jenny. Nur ihre Augen bewegten sich. „Sie lässt den Blick schweifen", immer wenn Thorben das irgendwo las oder hörte, dachte er an Christina. Genau das tat sie, als wäre diese Umschreibung für sie erfunden worden.

„Ich würde nächstes Wochenende gerne mit den Zwillingen in den Zoo gehen. Ist das okay oder habt ihr schon andere Pläne?" Christinas Frage überraschte Thorben, er kam sich ertappt vor und wich ihrem Blick aus.

„Nein, sicher nicht. Jenny soll dich anrufen, dann könnt ihr etwas ausmachen."

Ein Klingeln durchriss die Stille. Marc sprang auf und fingerte an seiner Hosentasche.

„Entschuldigt bitte", meinte er im Weggehen.

„Er mit seinem Handy", Christina schüttelte lächelnd den Kopf. „Manchmal habe ich den Verdacht, dass er jemanden engagiert hat, ihn anzurufen, um damit anzugeben."

Thorben erwiderte ihr Lächeln.

„Deshalb trägt er jetzt auch in der Freizeit Bundfaltenhosen. In seine Jeans passt der Knochen nicht rein."

Sie beobachteten, wie Marc auf der Terrasse hin und her lief.

„Moment, ich höre dich ganz schlecht.... Ja, jetzt habe ich wieder Empfang."

„Wie geht es dir und Jenny?", fragte Christina, ohne Thorben direkt anzusehen. „Habt ihr euch an das Elternsein gewöhnt?"

„Ja, immerhin sind die Zwillinge schon zweieinhalb."

„Stimmt, wie die Zeit vergeht. Mir kommt es wie gestern vor, als ich sie mit Jenny aus dem Krankenhaus abgeholt habe. Sie hatte solche Angst zu versagen."

Thorben nickte, ihm war nicht klar, welche Gedankengänge Christina verfolgte.

„Ich bin eine schlechte Patentante. Ich unternehme viel zu wenig mit den beiden. Das ist schade."

„Das kannst du immer noch", Thorben legte eine Hand auf ihren Arm, „sie kommen jetzt erst in das Alter, in dem man Ausflügen mit ihnen machen kann oder sie auch mal bei ihrer Patentante übernachten können. Ich glaube, dein Vater hat sie ins Herz geschlossen."

„Ja, er hätte gerne viele Enkelkinder, damit die Kellerei in Familienbesitz bleibt." Christina griff nach ihrem halbvollen Glas und trank es in einem Zug leer.

„Ich bin müde, sei mir nicht böse." Sie stand auf und geriet ins Schwanken. Mit Mühe konnte Thorben einen Sturz verhindern. Er hielt sie im Arm und sie ließ es sich gefallen, drückte sich an ihn. In seine Schulter murmelte sie etwas, das wie „Es gibt kein Zurück" klang.

„Christina, was ist?", Thorben schob sie etwas von sich und versuchte, ihren Blick einzufangen.

„Ich bin betrunken, da werde ich melancholisch."

Sie löste sich vollends von ihm, schwanke aber. Thorben griff nach ihrem Arm. Gemeinsam gingen sie zum Haus. Marc beendete gerade sein Telefonat.

„Na, da war wohl das letzte Glas zu viel." Marc verschränkte die Arme.

„Tu mir den Gefallen und bring sie ins Gästezimmer. In dem Zustand nehme ich sie nicht mit. Sonst kotzt sie mir den Wagen voll."

Thorben spürte, wie sich Christina bei Marcs Worten versteifte. „Außerdem habe ich Morgen einen wichtigen Termin und mit Alkohol schnarcht sie unerträglich."

Ohne auf eine Antwort zu warten, drehte sich Marc um und ließ die beiden allein. Mehr tröstend als stützend umschloss Thorben Christinas Taille und brachte sie ins Haus. Er machte kein Licht im Gästezimmer, der Vollmond schien und erhellte den Raum. Wortlos führte er Christina zum Bett. Sie setzte sich und er zog ihr die Sandalen aus. Thorben kniete vor dem Bett, sie hielt den Kopf gesenkt.

„Gute Nacht, Thorben. Danke. Für alles." Bevor er etwas erwidern konnte, legt sie sich ins Bett, drehte ihm den Rücken zu und rollte sich zusammen.

Christina. Warum zweifelt er an ihrer Liebe? Wie gerne würde er darauf vertrauen, dass sie ihn schon lange liebt. Nicht erst seit Jenny und Marc sie verlassen hatten. Fast war er sich sicher. Aber eben nur fast.

Christina Holzer

Christina ist es nicht gewohnt zu warten, in die passive Rolle gedrängt zu werden. Jetzt sitzt sie schon eine gefühlte Ewigkeit hier im Flur vor der Intensivstation. Ihre Gedanken schweifen zu ihrer Arbeit. So viel ist noch zu erledigen. Ihr Tagespensum erfordert ihren vollen Einsatz. Ständig möchte sie zum Handy greifen, um neue Anweisungen zu geben. Thorben macht sich gerne darüber lustig. Besonders wenn sie am Abend ihre To-Do-Liste als Sprachmemo für den nächsten Tag ins Smartphone spricht.

„Schon eine tolle Erfindung", ruft er gerne während der Aufnahme dazwischen. Sie hat sich lange gegen die Anschaffung gewehrt, letztes Weihnachten hat Thorben ihr eins geschenkt. Ihre Skepsis verflog schnell, je besser sie sich damit auskannte.

Genau wie Marc. Wie stolz er damals auf sein erstes Handy war. Die Erinnerung an einen Abend steht bildlich vor ihr, als Thorben und sie darüber Witze machten.

Christina schaute Richtung Terrasse, als würde sie Marc beim Telefonieren beobachten. Aus dem Augenwinkel betrachtete sie Thorben. Ein wunderbarer Tag lag hinter ihnen. Jetzt saß sie hier mit Thorben. Wünschte, die Zeit würde stehen bleiben. Sie hatte seine Blicke den ganzen Abend gespürt. Konnte sich nicht erklären, was sie bedeuteten. Erriet Thorben ihre Gedanken? Ahnte er, dass sie plante, ihr altes Leben hinter sich zu lassen? Wenn Thorben jetzt sagen würde „Bleib!", dann würde sie ihre Entscheidung rückgängig machen. Aber warum sollte er das tun?

„Wie geht es dir und Jenny?", fragte sie, ohne Thorben direkt anzusehen. „Habt ihr euch an das Elternsein gewöhnt?"

Seine Antwort hörte sie kaum, erschrocken darüber, dass sie ihre Gedanken laut ausgesprochen hatte. Und dann landete das Gesprăch auch noch bei Enkelkindern. Für ihren Vater war es nur wichtig, dass sie ihm einen Erben schenkte. Ihm war es ein Gräuel, Marc einmal die Leitung der Kellerei zu übergeben, obwohl der ihn wie eine Fliege spinnengleich im Netz umgarnte. Auf die Idee, ihr die Geschäftsleitung der Kellerei anzuvertrauen, kam er nicht.

Christina griff nach ihrem halbvollen Glas und trank es in einem Zug leer.

„Ich bin müde, sei mir nicht böse."

Sie stand auf und im nächsten Augenblick fand sie sich in Thorbens Armen wieder.

Ihr Kopf ruhte an seiner Schulter: „Ich wünschte, die Zeit würde still stehen. Immer müssen neue Entscheidungen getroffen werden, mit denen man dann leben muss. Zurück gibt es nicht. Weiter, immer weiter, bis man sich verrannt hat."

Nicht nur der Alkohol, auch seine Nähe, brachte sie durcheinander. Der Wunsch, sich ihm mitzuteilen, wurde übermächtig. Thorben schob sie etwas von sich und versuchte, ihren Blick einzufangen.

„Ich bin betrunken, da werde ich melancholisch."

Sie löste sich vollends von ihm, schwanke aber, Thorben griff nach ihrem Arm, hielt sie. Gemeinsam gingen sie zum Haus. Marc beendete gerade sein Telefonat.

„Na, da war wohl das letzte Glas zu viel." Marc verschränkte die Arme.

„Tu mir den Gefallen und bring sie ins Gästezimmer. In dem Zustand nehme ich sie nicht mit. Sonst kotzt sie mir den Wagen voll"

Christina lag auf der Zunge, dass ihr bereits durch seine bloße Anwesenheit übel wurde. Doch sie wollte nicht streiten.

„Hauptsache mir bleibt noch etwas Zeit mit Thorben", dachte Christina und schmiegte sich an ihn. Sein Arm um ihre Taille fühlte sich gut an, richtig. Im Gästezimmer half er ihr die Sandalen auszuziehen. Sie saß auf den Bett und Thorben kniete vor ihr. Es gab so viel sagen, sie fand nicht die Worte. Alles drehte sich. Ihr altes Leben zurücklassen, dazu war sie bereit, aber nicht ihn. Doch er gehörte zu Jenny und den Kindern, das war seine Familie.

„Gute Nacht, Thorben. Danke. Für alles."

Bevor er etwas erwidern konnte, legte sie sich ins Bett und rollte sich zusammen. Sie spürte seinen Blick, er wartete wortlos. Mit Mühe schaffte sie es, langsam und gleichmäßig zu atmen. Dann schlich er aus dem Zimmer.

Christina drehte sich auf den Rücken und starrte zur Decke. In einer Woche hatte sie den Termin zur Vertragsunterzeichnung. Dann würde ihr neues Leben beginnen. Die Rolle der treusorgenden Ehefrau würde sie mit Freuden ablegen. Marc machte ihr dauernd Vorwürfe, dass sie den Haushalt nicht im Griff habe. Dabei half er nie. Obwohl sie mindestens genauso viele Stunden im Büro war wie er. Nicht einmal einkaufen wollte er. Immer schob er Geschäftsessen oder Meetings vor, von denen weder sie noch ihr Vater wussten. Insgeheim war Christina froh, wenn Marc sich nicht blicken ließ.

Bei einer Messe hatte sie den Kontakt geknüpft. Als man ihr die Leitung der Marketing-Abteilung eines großen Unternehmens anbot, war ihr erster Gedanke Ablehnung gewesen. Trotzdem rief sie an und vereinbarte einen Termin. Das Gespräch und vor allem das Vertrauen in ihre Fähigkeiten überzeugten sie. Seitdem schwankte ihre Stimmung zwischen überschäumender Freude und Selbstzweifeln. Einerseits konnte sie es kaum erwarten, den ersten Schritt in ihr neues Leben zu tun. Andererseits fürchtete sie sich davor, ihrem Vater die Kündigung vorzulegen. Sicher würde er versuchen, ihr das auszureden oder eher, sie kleinzureden.

Am Tag vor dem Termin sagte sie ab. In der Hand hielt sie das Teststäbchen. Sie war schwanger.

„Das Schicksal treibt manchmal seltsame Blüten". Christina starrt auf den grauen PVC Boden. Wenn sie damals weggegangen wäre, hätte sie auch Thorben für immer verloren. Während der Schwangerschaft war er ihr eine große Hilfe gewesen. Im Gegensatz zu Marc und ihrem Vater. Die hatten sich nur auf den Stammhalter gefreut. Dass es ein Junge wurde, darin waren sie sich ausnahmsweise einmal einig. Die Schwangerschaft war eine schwere Zeit. Christina haderte mit sich und dem Kind und Streitigkeiten mit Marc gehörten zum Alltag.

Janis Harth

Janis Bein wippt im Takt der Musik. Sie dröhnt in seinen Ohren, übertönen das Brummen des Busses. Die Frau gegenüber schüttelt missbilligend den Kopf. Er hat die Musik laut aufgedreht. Er ahnt, dass sie wohl die Bässe stören, die aus seinem Kopfhörer dringen. Doch er ignoriert sie. Noch zwei Stationen, trotzdem springt er beim nächsten Halt aus dem Bus. Die Bewegung tut ihm gut. Kalt ist es, echt kalt. Er zieht die breiten Schultern hoch und verflucht sich insgeheim, so cool sein zu wollen. Zu cool, um Schal und Handschuhe zu tragen.

Er braucht fast zehn Minuten bis zur Polizeistation. Froh, endlich ins Warme zu kommen, stößt er die Eingangstür schwungvoll auf, sodass sie scheppernd an die Wand schlägt.

Die Beamtin im Dienst, eine Mittzwanzigerin, grinst ihn an.

„Hi, Janis, wenn du nicht weißt, wohin mit deiner Energie, ich hätte zu Hause noch drei Meter Holz zu hacken."

Janis wundert sich nicht, dass sie ihn kennt. Er kommt zwar nicht oft her, aber selbst in der Landeshauptstadt fällt er mit seinen blonden Rastalocken auf.

Gerade als er zu einer Erwiderung ansetzt, kommt ihr Kollege zum Tresen und fragt: „Gibt es etwas neues von deinem Vater?"

„Wir wissen auch nicht mehr als Paul. Ist er da?"

„Ja, hinten. Du kennst ja den Weg."

Janis nickt und geht den Gang entlang. Die Tür zum Büro seines Vaters ist offen. Wie vermutet, ist der Schreibtisch aufgeräumt. Neben den üblichen Büroutensilien steht ein gerahmtes Foto. Ein Schnappschuss von Jana und ihm, den sie Thorben zu Weihnachten geschenkt haben.

Durch die Verbindungstür betritt er das Nebenzimmer, Pauls Büro. Hier herrscht Chaos. Auf einem der vielen Aktenstapel thront ein Teller mit einem angebissenen Salamibrötchen. Der Rand der Wurst wellt sich bereits. Aus Gesprächen von Zuhause weiß Janis, dass Paul der Putzfrau untersagte, sein Zimmer zu betreten, nachdem ein Vernehmungsprotokoll verschwand. Den Mülleimer stellt er seitdem abends vor die Tür und einmal im Monat kommt er früher, um sie unter Aufsicht das Büro putzen zu lassen.

Janis klopft an den Holzrahmen. Erschrocken blickt Paul auf. Erst zur geschlossenen Zimmertür, dann nach links zu Janis. Er lehnt sich in seinem Bürostuhl zurück und beginnt zu wippen.

„Janis, was kann ich für dich tun?"

„Typisch für Paul, dass er gleich zur Sache kommt", denkt Janis. 'Smalltalk gehört zum Grillen, ansonsten ist es Zeitverschwendung' ist einer seiner Lieblingssprüche. Bevor Janis antworten kann klingelt das Telefon. Paul nimmt ab. Unaufgefordert setzt sich Janis auf einen der Stühle vor dem Schreibtisch. Auf der Sitzfläche aus Holz liegt ein dünnes Kissen. Als Schüler hat Janis seinen Klassenkameraden erzählt, dass auf den Stühlen Reißbrettstifte liegen, versteckt unter dem Kissen. Wenn sich ein Verdächtiger darauf setzt, drücken sie sich durch und so würden Geständnisse erzwungen.

„Na, piksen sie schon?", Paul hat das Gespräch beendet. Er kennt die Geschichte, schließlich hat Janis dafür einen Klassenbucheintrag erhalten: ‚Janis verunglimpft die Staatsgewalt'.

„Nun?", Paul blättert in einer Akte „Ich habe viel zu tun, Papierkram, deshalb komm zur Sache."

„Ja", nickt Janis, „ich komme wegen meiner Mutter. Bis ...".

„Nein, wie gesagt, das ist Sache deines Vater oder Christinas. Ich mische mich da nicht ein."

Janis schluckt seinen Ärger hinunter.

„Naja, ich dachte nur. Papa liegt im Koma und Christina hat jetzt andere Sorgen. Da wäre es das Beste, ich würde Mutter selbst fragen, was damals passiert ist."

Wieder lehnt sich Paul zurück und wippt. „Aha."

Janis schweigt ebenfalls. Er schaut auf seine Hände und puhlt an der Nagelhaut. Das Nagelknabbern hat Christina ihm abgewöhnt. Unermüdlich hatte sie ihm eine ekelhaft schmeckende Tinktur auf die Finger geschmiert.

„Wie gesagt, ich habe wenig Zeit“, unterbricht Paul das Schweigen und liest wieder in der Akte. Dann greift er zu dem Brötchen und beißt hinein.

„Sobald Sie mir die Adresse gegeben haben, bin ich weg.“

„Welche Adresse?“

„Von dem Gefängnis, in dem meine Mutter ist.“

Paul schüttelt nur den Kopf.

„Hör′n Sie, jetzt, da ich weiß, dass sie lebt, will ich mehr wissen. Alles was ich mir ausmale, ist wahrscheinlich schlimmer als die Wahrheit.“

„Sicher nicht“, mit einem Ruck steht Paul auf. Der Stuhl rollt zurück und knallt an den Heizkörper.

„Du hast doch keine Ahnung von dem Leben da draußen. Weißt du auch nur ansatzweise, was dein Vater und ich täglich zu sehen bekommen? Glaub mir, deine Vorstellungskraft reicht nicht aus, um dir den Wahnsinn auszumalen.“

„Hört sich ja an, als wäre meine Mutter eine Massenmörderin.“

„Nein, das meine ich nicht. Dazu sage ich nichts. Aber wenn du es genau wissen willst: Euer Vater tut alles für euch. Glaubst du, er könnte euch mit seinem Beamtengehalt dieses Leben ermöglichen? Glaubst du, es ist für ihn einfach zu wissen, dass ihr von Christinas Geld lebt? Sie ist damals eingesprungen. Eure Mutter hat immer nur an sich gedacht. Hat das Geld schneller ausgegeben, als euer Vater es verdienen konnte. Er war damals ja noch Streifenpolizist. Und das er so schnell Kariere gemacht hat, hat er auch Christina zu verdanken. Glaubst du, es ist einfach für einen Mann zu wissen, dass seine Frau ihm das Leben ermöglicht, das er führt? Die Wahrheit willst du hören? Für die bist du noch viel zu unreif. Dein Vater hat

Recht, geschwiegen zu haben. Mit deiner forschen Art und deinem Trotzkopf wirst du nicht weit kommen. Thorben macht sich ernsthafte Gedanken um deine Zukunft. Er in deinem Alter hatte klare Pläne für sein Leben. Trotzdem oder gerade deshalb hat sich sein Vater dauernd eingemischt. Er wollte einen Arzt oder Rechtsanwalt zum Sohn, keinen Polizisten, der den Dreck der anderen wegmachen muss. Hat Thorben dich jemals gedrängt, endlich Pläne für die Zukunft zu machen? Hast du Pläne? Und damit meine ich nicht die Idee, ein Jahr in Australien zu jobben."

Janis hört nur mit einem Ohr zu. Eine Standpauke ist ihm fremd. Bisher hat er sich nie Gedanken gemacht, woher das Geld kommt. Plötzlich ist es ihm peinlich, mit welcher Selbstverständlichkeit er es ausgibt. Für Janis wäre es kein Problem, nebenbei Geld zu verdienen, bisher hatte er nur die Notwendigkeit nicht gesehen. Einige seiner Freunde haben Nebenjobs.

„Nimm mir nicht krumm, dass ich so deutlich geworden bin", meint Paul als Janis aufsieht, „aber dein Vater ist ein toller Kerl. Du solltest nicht deiner Mutter hinterher weinen. Im Grunde hätte euch allen nichts Besseres passieren können. Nur der Preis war zu hoch."

Janis hebt grüßend die Hand und verlässt die Polizeistation, das Lächeln der jungen Beamtin übersieht er.

Thorben Harth

‚Vater werden ist nicht schwer, Vater sein dagegen sehr'. „Wie komme ich nur auf diesen alten Spruch", wundert sich Thorben. Er versucht, die Augen zu öffnen, sich zu bewegen, keines seiner Körperteile gehorcht ihm. Das Piepen wird lauter, schneller.

„Herr Harth, hören Sie mich?"

„Ja", will er schreien.

„Ich gebe Ihnen etwas gegen die Schmerzen. Keine Panik, Sie sind im Krankenhaus und in den besten Händen."

„Ist er aufgewacht?", fragt eine andere Frauenstimme.

„Nein, aber man kann ja nie wissen, was Koma-Patienten mitbekommen."

„Koma? Bin ich im Koma?" Thorben versucht zu schlucken. Er spürt, dass ihm etwas im Hals steckt. Bevor die Panik wieder aufsteigt, beruhigt er sich. „Ich werde künstlich beatmet, alles gut. Denk an etwas anderes."

„Vater. Wie komme ich ausgerechnet auf ihn? Wir sind im Streit auseinander gegangen. Wir haben es nicht geschafft, uns zu versöhnen. Gott, bevor ich sterbe, gibt mir Zeit, alles ins Reine zu bringen."

„Polizist? Das ist doch Irrsinn, Junge. Mit deinen Noten kannst du studieren."

Kopfschüttelnd saß Hartmut Harth am Esstisch und wartete darauf, dass seine Frau Giselle den Teller mit belegten Brötchen brachte. So sicher wie das Amen in der Kirche, war die Samstagabend-Predigt seines Vaters. Egal, was Thorben tat oder nicht tat, immer fand er einen Grund zum Streiten. In letzter Zeit ging es allerdings ausschließlich um das Thema Berufswahl.

„Bei der Polizei gibt es gute Aufstiegsmöglichkeiten." Thorben versuchte es mit neuen Argumenten. Nach dem Vorstellungsgespräch Anfang der Woche war er bestens informiert. Den Eignungstest hatte er mit Bravour bestanden und ihm wurden viele Möglichkeiten in Aussicht gestellt. Sein Entschluss stand fest. Jetzt musste er es nur noch bei seinen Eltern durchsetzen.

„Papperlapapp. Fakt ist, dass du erst einmal Jahre Streife laufen musst. Und wenn du dann nicht die richtigen Leute kennst, bleibst du auch dabei."

Endlich kam Mutter mit den Brötchen. Sie stellte den Teller zwischen die Drei auf den Tisch. Thorben kam sich vor wie in der zigsten Wiederholung einer Familienserie. Sein Vater bediente sich zuerst. Zielstrebig griff er nach dem Untersten im Stapel. Missbilligend schüttelte er dabei den Kopf, dass ausgerechnet sein Lieblingsbelag ganz unten lag. Aber egal, ob nun Scheibenkäse, Schinken oder Leberwurst oben lagen, immer griff er nach dem am schwersten Erreichbaren. Thorben spielte des Öfteren mit dem Gedanken, seiner Mutter eine ausreichend große Servierplatte zu schenken, damit die Brötchen nebeneinander Platz hätten. Doch er wusste, dass sein Vater dann einen anderen, schlimmeren Grund zum samstäglichen Kopfschütteln finden würde.

Thorben kaute lustlos auf seinem Brötchen herum. Er würde später im Club etwas essen und wenn es nur Erdnüsse waren. Bei so viel Sturheit und Unverständnis verging ihm der Appetit.

„Als Polizist lebst du viel zu gefährlich", nahm Giselle das Thema wieder auf, „ich könnte keine Nacht ruhig schlafen."

„Ich frag mich, warum du Latein gelernt hast. Auf der Straße wirst du nur türkisch brauchen."

Der letzte Bissen war gerade im Mund verschwunden, schon griff sein Vater nach dem nächsten Brötchen, als hätte er Angst, er könnte zu kurz kommen. Wieder nahm er eines der unteren und das darauf liegende geriet in Schieflage. Die Gurkenscheibe rutschte herunter. Hartmut nahm sie sich und legte sie auf sein Brötchen.

„Ich rede am Montag mal mit Dr. Dr. Keim, bei ihm kannst du den Betrieb einer Rechtsanwaltskanzlei kennenlernen. Er gibt dir sicher auch eine Praktikumsstelle, um die Zeit bis zum Wintersemester zu überbrücken."

„Das ist nicht nötig."

„Das mache ich doch gerne", sein Vater putzte sich mit der Serviette den Mund und nahm einen Schluck aus dem Bierglas.

„Das ist nicht nötig, weil ich mich bereits für die Ausbildung bei der Polizei angemeldet habe"

Nur mit Mühe konnte Hartmut verhindern, Bier auszuspucken. Er verschluckte sich und hustete einige Krümel über Tisch und Brötchenteller.

„Nein", rief Giselle und schaute zwischen den beiden Männern hin und her.

„So lang du deine Füße..."

Thorben verließ wortlos die Wohnung.

Drei Monate später zog er auf Anraten von Marc aus. In der Zeit sprach weder sein Vater mit ihm, noch Thorben mit seinem Vater. Giselle versuchte mehrmals einzulenken, aber ohne Erfolg. Fast genau ein Jahr später starb Hartmut Harth.

Sein Kollege Paul war für ihn wie ein Vater. Thorben hörte wieder das Piepen. Eins für jeden Herzschlag, der ihn am Leben hielt, zum Leben zurückbrachte. Ohne Paul hätte er die Ausbildung bei der Polizei nicht beendet. Es belastete ihn, dass seine Eltern den Kontakt abgebrochen hatten. Die paar Telefonate mit seiner Mutter reichten, um ihm klar zu machen, dass es kein Zurück gab. Nicht solange er nicht einlenkte und studierte. Paul bestätigte ihm, das Zeug zu einem guten Polizisten zu haben und seine Entscheidung nicht zu revidieren.

Jenny Harth

„In den frühen Morgenstunden kam es bei einer Festnahme zu einem Schusswechsel, in deren Folge ein Polizeibeamter schwerverletzt wurde. Er musste notoperiert werden und liegt nach Angaben des Krankenhauses im Koma. Und nun zum Wetter...".

„Verrecken soll er", sagt eine der Frauen und dreht das Radio leiser.

Jenny lächelt und nickt. Bei solchen Meldungen denkt sie sofort an Thorben, nicht aus Sorge um ihn. Sie fragt sich nur, ob er davon betroffen ist. Sie hat ihn damals gedrängt, sich beim Morddezernat zu bewerben. Nicht zuletzt wegen seiner Mithilfe bei ihrer Festnahme wurde er befördert. Deswegen und weil Christina ihre Beziehungen spielen ließ.

Christina – an sie denkt Jenny nicht oft und Thorben spricht bei seinen Besuchen nie von ihr. Bei seinen monatlichen Besuchen erwähnt Thorben Christina mit keinem Wort. Er erzählt von den Zwillingen, von ihren schulischen Erfolgen, ihren Vorlieben und Hobbys. Gerne zeigt er ihr Fotos von ihnen. Die vom Weihnachtsfest sind vor dem großen Kamin in Christinas Elternhaus entstanden. Christina selbst ist nie auf den Fotos. Aber die Kaschmir-Pullover und die anderen Geschenke verraten Christinas Geschmack. Edel, nie modern oder flippig. Obwohl Thorben so etwas tragen kann. Wollte er ihr damit sagen, dass ihre Freundin ihren Platz eingenommen hat? Wollte er mit diesen versteckten Zeichen sein Nichtssagen unterstreichen?

„Jenny, warst du einkaufen?"

Thorben kam gerade nach Hause. Sie verfluchte sich, die Einkaufstüten aus dem Kinderladen nicht sofort weggeräumt zu haben. Stattdessen war sie ins Schlafzimmer gelaufen, um die topchicen

Dessous anzuprobieren. Sündiges Rot und schwarze Spitze. Mit Push-Up, das Ergebnis sprach für sich. Schnell schlüpfte Jenny in ihr Jeanskleid.

„Jenny?“ Thorbens Stimme klang gereizt, wie so oft in den letzten Wochen.

Jenny beeilte sich, die Treppe hinunter zu kommen.

„Ja, ich war mit den Kindern und Christina einkaufen. Sie brauchte meine Unterstützung beim Auswählen der Erstausstattung für das Baby. Wir haben wirklich süße Sachen gekauft. Du glaubst gar nicht, wie sehr sich das Sortiment geändert hat, seit die Zwillinge geboren wurden.“

„Aha, und warum sind die Sachen hier?“ Thorben griff in eine der Tüten.

„Ein Laufrad für ein Baby?“

„Natürlich nicht. Das sind Geschenke für die Zwillinge von Christina.“

„Du weiß doch, dass ich nicht möchte, dass Christina so teure Geschenke macht und dann auch noch ohne Anlass.“

Thorben strich sich eine Haarsträhne aus dem Gesicht. Nach dem Frühdienst sah er immer müde aus.

„Und du weißt, wie Christina ist. Schließlich ist sie die Patentante der Kleinen. Es macht ihr Spaß, wenn sie sie glücklich macht, was ist falsch daran?“

Jenny packte die Taschen und hielt sie hinter sich, als hätte sie Angst, Thorben könnte noch mehr Schätze entdecken.

„Weil damit Begehrlichkeiten bei den Zwillingen geweckt werden, die ich mit meinem Beamtengehalt nicht stillen kann.“

Jenny stellte sich gerade hin. Das Kleid spannte unangenehm über ihrem Busen. Sie wagte nicht hinzusehen, aber es fühlte sich an, als würde der Knopf gleich abspringen.

„Komm lass gut sein. Du siehst müde aus, leg dich hin. Ich habe die Zwillinge zur Babysitterin gebracht.“

„Jenny, warum denn dass, du bist doch hier. Kannst du nicht anfangen, etwas zu sparen?"

„Doch nur, damit du schlafen kannst."

„Du könntest mit ihnen zum Spielplatz gehen, dann hätte ich auch meine Ruhe."

„Es ist doch viel zu kalt draußen."

„Ja, aber auch nur draußen. Hier drinnen sind es sicher 25 Grad. Meine Kollegen haben alle schon die Heizung ausgeschaltet. Kannst du dir nicht etwas Wärmeres anziehen und die Heizung runter drehen? Das kostet alles Geld, Jenny."

Jenny drehte sich um und stellte die Tüten in den alten Kleiderschrank, der als Garderobe diente.

„Hast du dich endlich auf die Stelle beim Morddezernat beworben?"

„Ja", Thorben ging in die Küche und holte sich einen Saft aus dem Kühlschrank. Jenny folgte ihm, sie wusste, dass ihm Gespräche über seine Karriere unangenehm waren.

„Und kann dir Paul helfen? Spricht er eine Empfehlung aus?"

„Jenny, das ist nicht so einfach, wie du dir das vorstellst. Es gibt Regeln für das Auswahlverfahren."

„Klar, du musst einfach hartnäckig genug sein."

Thorben trank seinen Saft: „Ich leg mich jetzt hin."

Jenny lächelte und denkt: „Praktisch, wenn man den anderen so gut kennt." Im Grunde war es ihr egal, ob er die besser bezahlte Stelle bekam oder nicht. Ihre Pläne für die Zukunft sahen anders aus. Ihre Zukunft – mit dem Mann ihrer Träume, der sich endlich für sie entschieden hatte, würde sie bald ins Warme fliehen. Selbst mit wenig Geld konnten sie es dort aushalten. Was kostete schon eine kleine Grashütte am Strand? Zum Leben brauchte sie nicht viel, nur Luft und Liebe. Sie öffnete die oberen Knöpfe ihres Kleides, streichelte über den seidigen Stoff darunter. Die Nippel verhärteten sich. Mit einer Hand fuhr sie unter den Stoff. Die andere streichelte über ihren Schenkel. Sie dachte an ihn, wie er sie nahm, hier auf dem Küchentisch, stöhnte leise. Ihr Blick fiel auf die Küchenuhr, wenn sie sich beeilte, könnte sie ihn zu einem späten Mittags-Snack treffen.

Aus der Wäsche holte sie sich eine warme Baumwollstrumpfhose, das musste reichen. Umziehen konnte sie sich nicht, schließlich lag Thorben oben im Ehebett und schlief.

Jenny verscheucht die Gedanken an die Vergangenheit. Zuviel Bitternis liegt darin. Wenn tatsächlich Thorben der verletzte Polizist ist, dann bleiben ihr für einige Zeit seine Besuche erspart. Einerseits ist es eine nette Abwechslung zum Alltag und zeigt den anderen Insassinnen, dass es einen Menschen gibt, dem sie wichtig ist, der für sie den Kontakt nach draußen hält. Andererseits will sie nichts von ihm oder den Kindern hören. Immerhin kommt Thorben bei seinen Besuchen in Zivil, seine Polizeiuniform würde nur für Aufruhr sorgen und sie zur Verräterin abstempeln.

Thorben tat ihr damals leid, als er so verzweifelt über den Tod seines Vaters war. Weil er sich nicht mit ihm aussöhnen konnte. Nächtelang redete sie ihm gut zu, dass es nicht seine Schuld war. Sie tranken, schliefen zusammen ein und wachten gemeinsam auf. Wie ein Ertrinkender fiel er dabei über sie her. Suchte Land, den schützenden Hafen. Und sie ließ es sich gefallen, mehr aus Mitleid als aus Zuneigung. Als sie schwanger wurde, war es für ihn keine Frage, sie zu heiraten. Wieder erhob sie keinen Einspruch. Marc hätte das nie getan. Er war immer vorsichtig gewesen. Nicht erst, als er mit Christina zusammen war. Er hätte sie eiskalt mit dem Kind sitzen lassen. Ein echtes Machoarschloch eben – das wusste sie inzwischen.

Christina Holzer

Das gleichmäßige Pumpen des Beatmungsgerätes hat etwas Bedrohliches. Christina starrt auf die Membran, die sich langsam hebt, senkt, um sich dann wieder zu heben. Im gleichen Takt bewegt sich Thorbens Brustkorb. Der lebenspendende Sauerstoff wird durch den Mund in seine Lungen gepumpt. Der Schlauch ist mit Pflaster fixiert, verfremdete Thorbens Gesicht. Christina und Jana halten sich an den Händen. Können den Blick nicht abwenden, selbst als sich die Tür öffnet. Janis tritt hinter sie und legt beiden eine Hand auf die Schulter. Ein Glücksgefühl durchflutet Christina. Leicht lehnt sie sich an Janis, der ihre Schulter drückt.

„Meine Familie", denkt Christina, „zum Glücklichsein brauche ich nicht nur Thorben, nein, auch Jana und Janis. Ich kann nicht zulassen, dass sich Jenny zwischen uns drängt. Thorben winkt immer ab, wenn ich nach ihr frage. Sie ist für ihn ein Tabuthema. Wenn ich nur sicher sein könnte, dass er sie nicht mehr liebt. Er besucht sie regelmäßig im Gefängnis. ‚Ich will ihr zeigen, wie prächtig sich unsere Kinder ohne sie entwickeln'. Meine Frage, warum er sich nie von Jenny scheiden ließ, hat er nicht wirklich beantwortet. Meinte nur, dass er eine klare Absprache mit ihr hat. ‚Je weniger du weißt, desto besser'."

Solche Aussagen nähren Christinas Angst. Sie hat sich eingeredet, im Notfall ohne Familie weiter leben zu können. Wenn Thorben sich eines Tages für die leibliche Mutter der Zwillinge, seine Ehefrau, entscheiden sollte, würd sie das akzeptieren. Diese Haltung erscheint ihr plötzlich naiv und trotzig. Sie greift nach Janis Hand und streicht darüber. „Ein Leben ohne die Kinder und Thorben? Kommt überhaupt nicht mehr in Frage", erkennt Christina in diesem Moment.

Sie räuspert sich: „Janis, du hast Recht. Ihr seid alt genug, euch eine eigene Meinung zu bilden. Die Vergangenheit belastet mich und vielleicht hilft es mir, sie endlich abzustreifen, wenn ich mit euch darüber rede."

Mit Kaffee und kalten Getränken versorgt sitzen Christina und die Zwillinge in einer Ecke der Krankenhaus-Cafeteria. Mit einem großen Schluck Mineralwasser befeuchtet Christina ihre trockene Kehle. Janis und Jana schauen sie erwartungsvoll an. „Womit soll ich nur beginnen?". Ohne weiter darüber nachzudenken, lässt sie ihren Erinnerungen freien Lauf.

Teil 2

April 1996

Marc Holzer

Der Wecker riss Marc aus seinem unruhigen Schlaf. Sein Schädel brummte und auf seiner Zunge lag ein fauliger Geschmack. Marc stand langsam auf und stellte sich unter die Dusche, das belebte ihn. Der Kaffee tat ein Übriges, der Druck in seinem Kopf ließ nach. Er durchblätterte die Zeitung, ohne sie zu lesen. Pünktlich um halb acht trat er aus dem Haus. Unter dem Scheibenwischer klemmte ein Zettel. Er entfaltete ihn und überflog die Zeilen, steckte ihn ein und fuhr zum Haus seines Schwiegervaters.

Heinrich Holzer öffnete Marc die Tür.

„Kommt das Kind?", fragte Heinrich, der sich über den ungewöhnlich frühen Besuch seines Schwiegersohns wunderte. Marc reichte ihm wortlos den Zettel:

Nachricht für Heinrich Holzer.
Wir haben Ihre Tochter in unserer Gewalt.
Wir werden uns bei Ihnen melden.
Verlassen Sie nicht das Haus.
KEINE POLIZEI,
wenn Ihnen das Leben Ihrer Tochter lieb ist.

Mit zittrigen Händen faltete Heinrich das Papier zusammen, dabei schüttelte er den Kopf. Marc legte ihm eine Hand auf die Schulter.

„Christina ist zäh, ihr wird nichts passieren."

„Hast du nicht bemerkt, dass sie nicht nach Hause gekommen ist? Wer weiß, wie lange die sie schon in ihrer Gewalt haben."

Eisig blickte Marc Heinrich an.

„Nein, ich habe nichts bemerkt. Deine Tochter hat mich vor mehreren Wochen aus dem Ehebett verbannt. Sie möchte gerne morgens ausschlafen und fühlt sich von meinem Wecker gestört. Außerdem hat sie ausdrücklich gesagt, ich soll nicht auf sie warten, es würde spät werden. Ich bin nach zwölf schlafen gegangen und habe heute Morgen angenommen, sie liegt friedlich in ihrem Bett und schläft."

Heinrich lief hin und her, las noch einmal den Zettel. Stumm beobachtete ihn Marc. Plötzlich blieb Heinrich stehen.

„Wir müssen die Polizei informieren. Die haben Spezialisten."

„Nein, damit bringen wir Christina in Lebensgefahr."

„Wir müssen die Polizei von Anfang an dabei haben. Was ist, wenn sie uns nicht sagen, wo Christina ist. Wir können sie nicht alleine suchen. Die Polizei kann nützliche Informationen sammeln, die uns entgehen würden."

„Du spielst mit dem Leben meiner Frau, das lasse ich nicht zu. Ich traue den Bullen nicht, die bringen es fertig und rücken mit Blaulicht und Sirene an."

Nachdenklich schüttelte Heinrich den Kopf.

„Dann rufe Thorben an, er kann uns einen Rat geben oder darauf drängen, dass Diskretion gewahrt wird."

„Gut, ich ruf ihn an, aber nur um seine Meinung einzuholen. Wir dürfen kein Risiko eingehen. Besser wir zahlen das Geld, statt zu riskieren, dass Christina und dem Kind etwas passiert."

Auswendig wählte er die Nummer seines Freundes. Beim dritten Läuten wurde der Hörer abgenommen.

„Harth", meldete sich eine Frauenstimme.

„Jenny, ist Thorben da? Ich muss ihn dringend sprechen. Hier ist Marc."

Es dauerte eine Weile bis eine Reaktion kam. Marc wusste, sie kaute auf der Unterlippe, während sie versuchte zu verstehen, was vorging.

„Ja, er ist oben im Bad und wickelt die Kleinen. Ich hole ihn."

Er hörte, wie sie den Hörer zur Seite legte und sich entfernte.

Thorben Harth

Thorben genoss das morgendliche Ritual mit den Zwillingen. Soweit er es mit seinem Schichtplan vereinbaren konnte, versorgte er sie nach dem Aufwachen. Zuerst wurde Janis gewickelt. Nicht weil er sein Sohn war oder der Ältere. Nein, er war einfach ungeduldiger als seine Schwester. Jana lag friedlich vor sich hin plappernd im Bettchen und wartete, bis sie an der Reihe war. Wohingegen Janis sofort quengelte, wenn er wach wurde. Zur Belohnung für ihre Geduld nahm sich Thorben für seine Tochter mehr Zeit. Er brachte sie zum Lachen, wenn er spielerisch in ihre kleinen Füße biss. Davon konnte sie nie genug bekommen. Und er nicht von ihrem Kichern. Versunken in seine fürsorgliche Pflege, hörte er Jennys Rufen erst, als sie im Badezimmer stand.

„Thorben, schnell, Marc ist für dich am Telefon, es ist dringend."

„Ist was mit Christina?" Mit besorgter Miene drückte er Jana seiner Ehefrau in die Arme und eilte davon, ohne auf eine Antwort zu warten. Deshalb entging ihm ihr missbilligender Blick.

„Marc, was gibt es denn so dringendes? Jenny ist völlig aufgeregt." Aufmerksam lauschte er Marcs Worten, konnte nicht glauben, was er hörte. Christina war entführt worden. Wer konnte so irre sein, eine hochschwangere Frau einem solchen Stress auszusetzten. Offensichtlich war es dem Entführer egal, ob Christina Schaden nehmen würde. Den Gedanken, dass sie bereits tot war, schob er schnell beiseite. Ihre Chancen standen fünfzig zu fünfzig. Wenn man die besonderen Umstände berücksichtigte, schlechter.

„Wir wollen Christina nicht in Gefahr bringen. Die Polizei können wir einschalten, wenn sie nicht freikommt", betonte Marc.

Bevor Thorben antworten konnte, übernahm Heinrich Holzer das Telefon.

„Thorben, ich würde mich besser fühlen, wenn Sie hier wären, lässt sich das einrichten?"

„Ja, natürlich. Ich werde Sie unterstützen, soweit das in meiner Macht steht. Ich muss einige Dinge klären, das dauert nicht lange und ich komme dann zu Ihnen nach Hause."

„Gut, dann bis gleich", antwortete Heinrich und legte auf.

„Was gibt es?" Jenny stand mit Jana im Arm hinter ihm.

„Ach, ich will dich nicht beunruhigen. Ich erzähl es dir später. Ich muss jetzt los."

Thorben schnappte sich den Autoschlüssel und ließ Jenny stehen. Er musste jetzt allein sein. Im Moment konnte er keinen klaren Gedanken fassen. Christina war in Lebensgefahr. Die Sorge um sie schnürte ihm die Luft ab. Sein Herz hämmerte, dröhnte in seinen Ohren. Nie hatte er sich die Gefühle für Christina eingestanden. Urplötzlich wurde ihm bewusst, wie groß diese waren. Er hatte sich eingeredet, ihm würde es reichen, in ihrer Nähe zu sein. Mit ihr konnte er sich genauso gut über Weltpolitik wie über irgendwelchen Blödsinn unterhalten. Jenny machte jedes Mal Bemerkungen, wenn sie nach einem Besuch bei den Holzers nach Hause fuhren. Einen Grund für ihre Eifersucht gab es nicht. Selbst als er die beschwipste Christina letzten Sommer ins Bett brachte und die Luft förmlich knisterte, war nichts passiert. Christina würde Marc nicht betrügen. Obwohl es in deren Ehe kriselte.

Mit einer Hand strich er eine Haarsträhne aus der Stirn und holte tief Luft. Es durfte nicht sein, dass ihr etwas passierte. Sie war ein wundervoller Mensch. Erst letzte Woche hatten sie sich verabredet, an seinen freien Nachmittagen gemeinsam zum Spielplatz zu gehen, damit sich Christina an die Atmosphäre gewöhnen konnte.

Lachend meinte sie: „Und was machen wir, wenn ich es schrecklich finde? Ich fürchte, ich kann es mir nicht mehr anders überlegen und weglaufen fällt flach", dabei streichelte sie ihren Bauch.

Ein wehmütiges Lächeln huschte über seine Lippen. Auch wenn er ihr nie näher kommen konnte als bisher, er musste sie retten.

Thorben fuhr zur Polizeistation. Bei seinem Vorgesetzten meldete er sich ab, wegen einer unaufschiebbaren Familienangelegenheit. Danach ging er zu Paul.

„Guten Morgen, ich brauche deinen Rat", begrüßte er ihn.

„Du bist ja ganz blass. Was gibt es?" Paul blickte ihn an, legte die Zeitung beiseite und faltete die Hände.

Mit wenigen Worten erklärte Thorben ihm die Situation. Paul unterbrach ihn nicht, nickte nur mehrmals.

„Gut, dass du sofort gekommen bist."

Er strich sich mit der rechten Hand über den grauen Schnauzer und entfernte einige Krümel, die vom Frühstücksbrötchen übrig geblieben waren.

„Dir ist klar, es wäre fahrlässig, der Forderung der Entführer nachzukommen. Deine Freundin ist so oder so in Lebensgefahr. Kannst du die Familie überzeugen, uns einschalten?"

„Ja, ich denke schon", antwortete Thorben ohne zu zögern. „Ihr Vater hat mich gebeten, sie zu unterstützen. Marc sträubt sich noch. Ich denke, er hat den Ernst der Lage nicht erfasst, aus Sorge um seine Frau. Er will alles schnell über die Bühne bringen und vertraut blind darauf, dass Christina nichts geschieht, wenn er sich an die Anweisungen hält."

„Gut", kam Paul in Fahrt, „ich kann das nötige Equipment innerhalb einer halben Stunde besorgen. Außerdem will ich versuchen, ob wir Stefan abziehen können."

Dreißig Minuten später fuhr Thorben zusammen mit drei Kollegen zum Haus von Heinrich Holzer. Stefan Schwartz, dessen Haupthaar seinem Namen alle Ehre machte, war mit im Wagen. Sein Spezialgebiet war Abhören und Überwachen. Thorben legte viel Wert auf seine Meinung. Der Dritte war ein neuer Kollege. Ein pickeliger Blondschopf, der sich durch sein umfassendes Technikverständnis auszeichnete. Als Thorben den Wagen parkte, wurde ihm mulmig zumute. Marc hasste es, vor vollendete Tatsachen gestellt zu werden. Doch Thorben glaubte zu wissen, was besser für Christina war. Schreckensbilder standen vor seinem inneren Auge. Christina, gefesselt und geknebelt in einem Kellerloch oder Kofferraum. Nach Atem ringend, mit angstgeweiteten Augen.

Die Tür wurde kurz nach dem Klingeln geöffnet. Thorben blickte in Marcs besorgte Miene. Als der die Begleiter von Thorben sah, wurde er bleich. Stumm starrte er die Besucher an, ohne zur Seite zu treten.

„Du siehst nicht gut aus", begrüßte ihn Thorben und machte einen Versuch, sich an seinem Freund vorbei ins Haus zu schieben.

Der blieb unbeweglich stehen. Fragend sah Thorben ihn an und Marc sagte mühsam beherrscht: „Was fällt dir ein, wir wollten keine Polizei. Wenn Christina etwas passiert, ist es deine Schuld."

Heinrich stand hinter Marc und zog ihn an der Schulter von der Tür weg. Unsicher betraten die Beamten das Haus. Sie überließen es Thorben, die Situation zu klären. Der begrüßte Heinrich mit einem festen Händedruck.

„Allein kann ich nichts ausrichten. Diesen Kollegen vertraue ich. Wir haben eine Abhöranlage mitgebracht. Damit haben wir die besten Chancen, Beweise zu sammeln", versuchte Thorben, sich zu rechtfertigen. Ein Blick in die freundlichen Augen seines Gegenübers bestätigte ihn. Heinrich drückte seine Hand mit beiden Händen.

„Ich vertraue Ihnen. Tun Sie, was Sie für richtig halten. Am besten richten Sie sich im Arbeitszimmer ein."

Thorben nickte erleichtert und zeigte seine Kollegen den Weg.

Heinrich Holzer

Nachdenklich blickte Heinrich aus dem Fenster. Das Geld zu beschaffen, stellte kein Problem dar. Sein Kellereibetrieb erwirtschaftete seit vielen Jahren Gewinne. Sein Lebenswerk, das er für seine Tochter jederzeit hergeben würde, genauso wie sein Leben. „Ob Christina mir uneingeschränkt glauben würde, wie viel mir an ihr liegt?", fragte er sich insgeheim. Ihr Verhältnis war angespannt und er konnte nicht sagen, warum. Jetzt, da Christina erwachsen war und selbst bald Mutter, wurde sie ihrer Mutter immer ähnlicher. Nicht nur im Aussehen, auch ihre Gesten, ihre Art zu sprechen.

Christinas Mutter war seine fehlende Hälfte. Sie waren füreinander bestimmt gewesen. Als er Lydia zum ersten Mal sah, wusste er nicht, wie ihm geschah. Er starrte sie an. Jede ihrer Bewegungen, jedes Wort, das sie sagte, wollte er für immer im Gedächtnis halten. Begegnet waren sie sich auf einer Tanzveranstaltung und obwohl er sicher sein konnte, sie anschließend nie wieder zu sehen, wagte er es nicht, sie anzusprechen. Dann kam sie plötzlich auf ihn zu und fragte, ob er mit ihr tanzen möchte. Natürlich wollte er. Ein Jahr später waren sie verheiratet und sechs Monate danach wurde Christina geboren. Lydia blühte während der Schwangerschaft auf. Das unterschied Christina von ihr. Manchmal kam es ihm vor, als würde sie vergessen, gar verdrängen, dass sie schwanger war.

Vorsichtig stellte er sein Hochzeitbild zurück auf das Sideboard. Wie glücklich Lydia und er in den drei Jahren waren, die sie zusammen erlebten, wurde ihm erst bewusst, als er sie verlor. An die ersten Wochen nach dem Unfall konnte er sich nicht mehr erinnern. Er stürzte sich in die Arbeit, aß wenig, trank viel. Zu Hause war es am Schlimmsten. Das Haus war unerträglich leer ohne Lydia. Für Christina engagierte er eine Kinderfrau, die einen strikten Zeitplan für ihren Schützling einhielt. Er sah die Kleine nur selten. War froh darüber. Zwar gab er Christina nicht die Schuld, doch ertrug er es nicht, dass Lydia gestorben war. Aus Sorge um ihre Tochter.

Eines Abends eröffnete ihm das Kindermädchen, sie würde die nächsten Tage freinehmen, weil ihre Mutter schwer krank war. Sie schüttelte den Kopf, als er sie bat, Christina mitzunehmen. Da drohte er ihr mit Kündigung. Zu seiner Überraschung stimmte sie zu. Vor Wut kochend streifte er durchs Haus und bemerkte zum ersten Mal, wie verwahrlost alles war. Überall standen leere Flaschen und Gläser herum, es war seit Ewigkeiten nicht mehr staubgewischt oder aufgeräumt worden. Nur die Küche blitzte sauber. Irritiert ging er nach oben und schaute ins Kinderzimmer. Christina schlief friedlich und auch hier war alles penibel sauber. Er schämte sich, brauchte dringend einen Drink. Schon vor Längerem war er von Wein auf stärkere Sachen umgestiegen.

Heinrich schüttelte unwillig den Kopf, jetzt war nicht die Zeit an die Vergangenheit zu denken. Ihn schauderte bei dem Gedanken, keine Zeit mehr zu haben, mit seiner Tochter ins Reine zu kommen. Warum gerade sie? Warum jetzt? Das Warten und die Ungewissheit zerrten an seinen Nerven. Er war froh, dass Thorben seine Kollegen mitgebracht hatte, obwohl Marc das nicht billigte.

Marc Holzer

Marc lief nach draußen und zündete sich eine Zigarette an. Er ging auf und ab, zog dabei kräftig den Rauch in seine Lungen. Wie konnte Thorben ihn derart verraten. Wäre er nur seinem Gefühl gefolgt und hätte seinen Freund nicht eingeweiht. Das war Sache der Familie. Je länger die Geldübergabe hinausgezögert wurde, desto länger war Christina in Gefahr. In ihrem Zustand konnte jederzeit eine lebensbedrohliche Situation entstehen. Marc schüttelte den Kopf. Das verdiente sie nun wirklich nicht, obwohl er sich letzte Woche maßlos über sie geärgert hatte.

„Du bist noch wach?", fragte Marc, als das hellerleuchtete Wohnzimmer betrat.

Christina saß auf dem Ledersofa. Auf dem Glastisch stand eine Kanne Tee. Der Geruch der Kräuter stach in Marcs Nase. Brennnessel oder sonst ein entwässerndes Zeugs. Es war nach zwölf und seit er ins Gästezimmer umgesiedelt war, wartete Christina nicht mit dem Zubettgehen auf ihn. Still saß sie da, die Hände vor dem Bauch gefaltet und starrte auf den Teppich. Am liebsten wäre er einfach in sein Zimmer gegangen, ohne sie zu beachten, doch er wusste, er konnte einer Konfrontation mit ihr nicht entgehen. Christina beschäftigte etwas, seit Tagen. Dann konnte er es auch gleich hinter sich bringen. Ihm war mulmig zu Mute. Bei ihr konnte man nie wissen. Mit etwas Glück ging es nur darum, dass er mal wieder die Klobrille nicht runter geklappt hatte. Wenn es dumm lief, würde sie ihm eröffnen, von einem anderen schwanger zu sein. Wenn es das wäre, würde er natürlich heldenhaft zu ihr halten, ihr den Ausrutscher verzeihen. Hauptsache, Heinrich erfuhr nichts davon, schließlich sollte das Kind Marcs Position in der Kellerei festigen. Die Erbfolge sichern, das war für seinen Schwiegervater wichtig und diesen

Wunsch erfüllte Marc ihm gern. Außerdem war er sich der Vaterschaft sicher. Schließlich hatte er in den Monaten vor der Schwangerschaft Christina jede Nacht bedrängt, um seinen Entschluss, einen Erben zu zeugen, umzusetzen. Er fuhr sich mit der Hand über den Mund, um sein Grinsen zu verbergen. Keinen Moment glaubte er, dass sie der Wahrheit auf der Spur war.

Wenn er wollte, kriegte er jede Frau rum. Christina sagte immer noch nichts. Um die Zeit zu überbrücken, ging er zur Bar und schenkte sich einen Whisky ein. Setzte sich ihr gegenüber auf den Sessel. Die braune Flüssigkeit hinterließ einen öligen Film am Glas, während er es leicht schwenkte. Das Licht brach sich darin. Marc hing seinen Gedanken nach, obwohl er wusste, Christina erwartete seine Frage nach ihrem Befinden. Er genoss es, sie zappeln zu lassen.

Ob sie jemals erfahren würde, dass er in doppelter Hinsicht für ihre Schwangerschaft gesorgt hatte? Sie wollte kein Kind. Er versuchte, sie zu überzeugen, meinte ihre biologische Uhr würde ablaufen und wie schön es wäre, wenn ihre Patenkinder einen Spielkameraden bekommen würden. Doch Christina blieb stur. Sie setzte die Pille nicht ab. Allerdings war Christina bei der Einnahme sehr nachlässig. Wenn sie einen Tag vergaß, ließ sie ihn nicht ran. Da kannte sie keine Gnade, selbst nicht mit Kondomen, die vertrug sie nicht.

Normalerweise nahm sie die Pille morgens während dem Frühstück. Sie legte sie auf ihren Teller und fand sie meistens erst wieder, wenn sie die Brötchenkrümmel in den Mülleimer warf. Marc brauchte die Pille nur in einem günstigen Moment verschwinden zu lassen.

„Ich habe in letzter Zeit viel nachgedacht."

Christinas Worte rissen ihn aus seinen Gedanken. Marc nahm einen Schluck und betrachtete seine Frau über den Rand des Glases. Sie starrte noch immer auf den Boden. Die weiche Flüssigkeit ran seine Kehle hinab, er wappnete sich für das Kommende.

„Vor etwa einem Jahr habe ich beschlossen, dich zu verlassen."

Jetzt schaute sie ihn direkt an. Marc schaffte es weiterhin, gelassen zu schauen. Im Innern brannte es, als hätte er gerade einen billigen Fusel getrunken. Hoffte, sich verhört zu haben.

„Wäre nicht meine Schwangerschaft dazwischen gekommen, wäre ich letzten Sommer nach Hamburg gezogen. Ich hatte ein Stellenangebot. Es war mein sehnlichster Wunsch, dich, Vater, die Kellerei, mein ganzes Leben hinter mir zu lassen und neu anzufangen."

„Dann war mein Timing ja perfekt", beglückwünschte sich Marc in Gedanken. „Deshalb waren die letzten Liebesnächte vor der Schwangerschaft so leidenschaftlich gewesen. Sie glaubte, es wären unsere letzten." Na, die Tour hatte er ihr gründlich vermasselt.

„Was gibt es da zu grinsen? Glaubst du mir etwa nicht?"

Christina richtete sich auf, ihre Augen sprühten.

„Nichts, ich freue mich nur, dass unser gemeinsames Kind dich davon überzeugt hat, unserer Ehe eine zweite Chance zu geben."

Marc beugte sich vor und streichelte ihr Knie.

„Es läuft doch gut in letzter Zeit."

„Klar, wir sehen uns ja auch kaum noch."

„Du wolltest doch getrennte Schlafzimmer."

„Ja, weil du im Bad so viel Krach machst, wie eine Herde Elefanten an der Wassertränke. In der Kellerei bist du auch kaum. Immer auf Kundenfang, nur leider findest du keine."

„Ich betreibe Kundenpflege. Eine Weinverkostung kann ich schlecht am Telefon erledigen."

Darauf sagte Christina nichts mehr. Wieder starrte sie vor sich hin. Marc setzte sich neben sie aufs Sofa und legte behutsam den Arm um sie, streichelte ihre Schulter. So saßen sie eine Weile stumm nebeneinander. Während Marc nach seinem Whisky griff, strich er ihr über den Rücken bis hinunter zur Taille. Er wusste, wo ihre erogenen Zonen waren. Er trank das Glas aus und ließ seine Hand unter ihr T-Shirt gleiten. Dabei überlegte er, wann sie das letzte Mal Sex hatten. Er konnte sich kaum erinnern. „Kein Wunder, dass sie so verkrampft ist, ein ordentlicher Fick wird sie auf andere Gedanken bringen", dachte er.

„Weiß du Marc, ich habe dich wirklich geliebt. Aber ich wusste schon immer, es reicht nicht für ein ganzes Leben. Ich hätte es mir gewünscht, ich dachte, vielleicht wächst sie mit der Zeit. Jetzt weiß ich, meine Liebe für dich ist aufgebraucht."

Christina wischte Marcs Hand beiseite, stand auf und ging. Marc blieb sitzen, schaute ihr hinterher. Unbeherrscht knallte er das Glas auf den Tisch.

Marc steckte sich eine weitere Zigarette an. Bei den Gedanken an den Abend kehrte seine Wut zurück. Sie fühlte sich ihm überlegen. Das Mädchen aus gutem Hause und er das Scheidungskind aus zerrüttetem Elternhaus. Ihr ganzes Denken und Handeln richtete sie darauf aus, ihrem Vater zu gefallen. Zugeben würde sie das natürlich nie. Oder es war ihr nur nicht bewusst? Als ob Marc sie ewig lieben würde. Was bildete sie sich ein? Das Einzige, was er an ihr sexy fand, war ihr Geld. Warum konnte sie nicht warten, bis das Kind da war? Heinrich sprach dauernd davon, bald in Ruhestand zu gehen. Wenn ihm und Christina erst einmal die Kellerei gehörte, würde eine Scheidung sich lohnen – finanziell. „Zeit für Plan B", entschied er spontan. Sie hat es nicht anders gewollt.

Langsam beruhigten sich seine Nerven. Er warf die Kippe in die Rosenbeete, sollte sich sein Schwiegervater ruhig darüber aufregen, und ging ins Haus.

Thorben Harth

Während Stefan und Thorben den schweren Eichenschreibtisch freiräumten, stand Bernd, der Blondschopf, schwer beladen mitten im Raum und ließ staunend seine Blicke schweifen. Zwei schwarze Ledersessel standen vor dem offenen Kamin und luden zum gemütlichen Verweilen ein. Auf dem Parkettboden lagen mehrere seidig schimmernde Teppiche, die Fransen akkurat ausgerichtet.

„Mann, die haben wohl Kohle", kommentierte Bernd.

„Das haben sich die Entführer auch gedacht. Uns hat das nicht zu interessieren. Jetzt steh nicht dumm rum, sondern mach dich nützlich", wurde er von Stefan zurechtgewiesen. Sofort lief Bernds Gesicht rot an, was seine Akne noch mehr hervorhob.

„Wie hast du Marc eigentlich kennengelernt?", fragte Stefan Thorben, während sie die Geräte auf dem Schreibtisch platzierten.

„Wir waren Anfang zwanzig. Ich war in einem Club und habe mich mit Jenny unterhalten, die dort jobbte. Plötzlich stand Marc neben mir. Ich dachte, er wollte Streit mit mir anfangen, weil ich seine Freundin angebaggert hatte. Doch er war völlig entspannt und wir redeten stundenlang miteinander. Das war der Beginn einer echten Männerfreundschaft."

„Marc hat Christina der Jenny vorgezogen?", wunderte sich Stefan, „kaum zu glauben."

Thorben ersparte sich eine Antwort, er wusste, dass die meisten seiner Kollegen seine Frau scharf fanden. Paul, der am Fenster stand, meinte: „Du glaubst nicht, wie sexy Geld machen kann."

Jenny war schon immer ein Hingucker gewesen. Ohne Marc wäre aus Jenny ein One-Night-Stand geworden. So war sein Plan an diesem Abend gewesen. Als dann Marc auftauchte und Thorben dachte, die beiden wären ein Paar, ließ er die Finger von Jenny. Auch als

Marc ihm versicherte, dass da nichts lief, blieb Jenny für ihn eine gute Freundin. Selbst als Marc und Christina heirateten. Erst als sein Vater starb, kamen sie sich näher. In der Zeit trank er viel und eines Morgens wachte er in Jennys Wohnung auf. Sie lag nackt neben ihm und er konnte sich ausrechnen, was passiert war.

Jenny räkelte sich. Dann wuschelte sie ihm die Haare.

„Schon wach? Ich mache Kaffee, du kannst zuerst ins Bad."

Wie konnte man am frühen Morgen schon so wach und gutaussehend sein? Thorben drehte sich auf den Rücken. Sein Schädel brummte. Er schleppte sich ins Bad und duschte, das brachte die Lebensgeister zurück. Am liebsten hätte er sich aus der Wohnung geschlichen, das war seine übliche Taktik, aber bei Jenny traute er sich das nicht. Der Geruch des Kaffees lockte ihn in die Küche. Jenny stand nackt am Herd und schlug Eier in die Pfanne.

„Wie möchtest du deine Eier?"

„Hart."

„Hart? Das Spiegelei? Du meinst durch, nicht flüssig", sie sah in fragend an.

Dann wanderte ihr Blick zu seiner Körpermitte.

„Hart, so, so."

Sie schaltete den Herd aus:

„Normalerweise gibt es erst nach dem Essen Nachschlag. Bei dir mache ich eine Ausnahme." Betont langsam kam sie auf ihn zu.

„Dabei sagt man, Alkohol macht impotent."

Er starrte auf ihre festen Brüste, die schlanke Taille, schluckte. Sie drückte sich an ihn, rieb sich an seiner Haut. Ihr Mund liebkoste sein Ohr, er spürte ihren warmen Atem im Nacken. Seine Gedanken überschlugen sich: „Verdammt, das ist Jenny, eine gute Freundin." Letzte Nacht war es der Alkohol, damit konnte er sich herausreden. Aber jetzt war er hellwach, im Vollbesitz seiner geistigen Kräfte. Sie öffnete seine Hose und umfing sein erigiertes Glied. Er ließ alle Bedenken fallen, hob Jenny hoch und drückte sie an den Türrahmen. Zwei kräftige Stöße, dann kam er.

Er glitt aus ihr heraus und ließ Jenny los. Mit runtergelassenen Hosen und hängendem Kopf, stand er vor ihr:

„Ich – tut mir leid."

„Was jetzt genau?" Jenny lachte und ging zurück zum Herd, stellte die Platte an.

„Jetzt hab ich einen gut." Sie lachte ihn an.

Thorben stand da und rührte sich nicht.

„Wenn du nur dumm rumstehst, pass kurz auf die Eier auf. Ich mache mich frisch."

Thorben fährt sich mit der Hand durchs Gesicht. Zwei Stöße – für jedes Kind einen. Ihm war das peinlich gewesen, Jenny verlor nie ein Wort darüber.

In den Wochen danach schien sich nichts geändert zu haben. Jenny hörte ihm weiter zu, versuchte ihm klar zu machen, dass es nicht seine Schuld war, dass er sich nicht mit seinem Vater versöhnt hatte und riet ihm, den Kontakt mit seiner Mutter zu suchen, auch wenn die sich weigerte, mit ihm zu reden. Wenn sich die Gelegenheit ergab, schliefen sie miteinander. Als Jenny ihm von ihrer Schwangerschaft erzählte, war es für ihn selbstverständlich, dass er Jenny heiratete. Sie willigte ein und so gründeten sie eine Familie – etwas, das vorher nie in seinem Lebensplan aufgetaucht war.

Marc Holzer

Marc kam herein und baute sich mitten im Arbeitszimmer auf.

„Mit diesem Schnickschnack glaubt ihr, Christina befreien zu können?"

Thorben trat zu ihm: „Hör mal, die wissen, was sie tun."

Seine Kollegen arbeiteten weiter, beachteten Marc nicht.

„Wenn sie nicht gerade Millionen verlangen, werden wir zahlen. Da gibt es keine Frage. Wir müssen Christina freibekommen und zwar schnellstmöglich, alles andere ist egal."

„Willst du nicht den Täter fassen?"

„Absolut zweitrangig. Mit eurem Aufkreuzen haben wir schon gegen die Forderungen verstoßen, ich hoffe, Christina ist nichts passiert. Wir haben dich im guten Glauben eingeweiht und du bringst deinen ganzen Verein mit. Wenn sie das Haus beobachten, war es das schon."

„Marc, meine Kollegen sind Profis. Die Entführer fordern immer, die Polizei rauszulassen, gerade weil sie wissen, dass sonst ihre Chancen sinken. Wir bringen die meisten Entführungen zu einem guten Ende. Die Öffentlichkeit erfährt nur dann etwas, wenn es schief geht."

„Und ihr habt keine Ahnung, wie viele Entführungen gut ausgehen, wenn die Polizei rausgehalten wird."

Mit diesen Worten verließ Marc das Arbeitszimmer und ging hinüber ins Wohnzimmer. Wie erwartet, war Heinrich dort.

„Hast du gesehen, was die drüben für einen Aufstand proben? Die verlassen sich ganz und gar auf ihre Technik. Hat dich schon mal einer nach Christina gefragt? Nach einem Foto, dem Hergang und so weiter? Mich nicht."

Marc trat ans Fenster und starrte hinaus.

„Thorben weiß doch alles, er wird sie informiert haben. Was sollen sie deiner Meinung nach tun? Durch die Stadt laufen und mit einem Bild von Christina nach ihr fragen?"

Darauf schwieg Marc. Langsam drehte er sich zu seinem Schwiegervater um.

„Findest du nicht auch, dass Christina in letzter Zeit – seltsam war?"

„Nun, sie ist schwanger, da benehmen sich Frauen..."

„Das meine ich nicht. Sie hat davon gesprochen, ihr Leben zu verändern. Das wollte sie schon vor einem Jahr, bevor sie schwanger wurde."

„Du glaubst doch wohl nicht, Christina ist abgehauen? Das ist absurd."

„Ja, wahrscheinlich. Es ist nur so, Herr Schmidt hat mich gestern auf Unregelmäßigkeiten aufmerksam gemacht. Rechnungen einer Eventfirma kommen ihm seltsam vor. Er glaubt, sie sind fingiert. Christina hat sie abgezeichnet."

Marc beobachtete seinen Schwiegervater genau und dachte: „Dem steigt die Röte vom Hals bis hinauf an den Haaransatz, gleich explodiert er."

„Wie kannst du es wagen, Christina der Unterschlagung zu bezichtigen. Wenn sie ihr Leben verändern will, dann soll sie dich vor die Tür setzen. Diese Art der Veränderung würde ihr sicher gut tun."

„Um Christina glücklich zu machen, müsstest wohl eher du aus ihrem Leben verschwinden. Du bist doch derjenige, der am liebsten zehn Enkelkinder hätte, damit ja das Erbe der Kellerei gesichert ist."

„Ich möchte wirklich wissen, was Christina an dir findet."

Marc grinste seinen Schwiegervater an. „Glaub mir, dass möchtest du nicht genau wissen."

Damit wandte er sich ab und verließ das Haus.

Im Wagen nahm Marc sich einen Moment Zeit, seine Gedanken zu sortieren. Er hatte alles auf eine Karte gesetzt, leider hatte der Bluff nicht geklappt. Ein Versuch war es wert gewesen. In letzter Zeit verstand er sich gut mit Heinrich. „Als Erbenproduzent stehe ich hoch im Kurs. Naja, das Geld liegt in einem Schließfach in Amsterdam, jederzeit abholbereit", versuchte er sich selbst zu beruhigen.

In der Kellerei wies er den Buchhalter an, ihm die Rechnungen auszuhändigen und Stillschweigen zu wahren, er würde selbst mit Christina reden. Herr Schmidt hatte die Unterlagen vorbereitet. Aber er gab ihm nur die letzte Rechnung. Marc war unsicher, ob dem Buchhalter schon aufgefallen war, dass die Ausstattungsfirma jährlich Rechnungen schrieb. Genau wie drei andere. So vervielfachten sich die Kosten für ihre Messen, ganz zu schweigen von den übrigen Marketingkosten. Marc erinnerte sich an unzählige Gespräche mit Heinrich, der sich immer wieder beschwerte, dass der Posten viel zu hoch wäre im Vergleich zu anderen Kellereien. ‚Sie hatte exklusive Ideen', nahm er seine Ehefrau stets in Schutz. Bisher konnte er damit seinen Schwiegervater beruhigen und ihn davon abhalten, Christina Vorwürfe zu machen. Dabei war sie immer darauf bedacht, die Kosten niedrig zu halten. Marc bestärkte sie darin und schöpfte dann den Rahm ab. Alles war viel zu einfach gewesen und Christinas Unterschrift beherrschte er täuschend echt.

Er würde Herrn Schmidt erst einmal auf den Zahn fühlen und ihm eine sinnvolle Aufgabe geben, damit er nicht zu früh Wind von dem ganzen Ausmaß der Sache bekam. Mit einer Zigarette im Mundwinkel machte er es sich in seinem Schreibtischstuhl bequem und schaute aus dem Panoramafenster seines Büros über die gesunden Weinberge. Ein herrlicher Blick, den würde er vermissen. „Neues Leben, ich komme. Jetzt muss ich nur noch diese Farce abwarten, dann nichts wie weg. In den Armen einer tollen Frau bis ans Lebensende am Strand liegen, geil.“ Marc grinste vor sich hin. „Zum Glück gibt es beliebig viele tolle Frauen.“ Und mit „toll“ meinte er „willig“.

Thorben Harth

Thorben hörte, wie die Tür zugeschlagen wurde. Einen Moment überlegte er, ins Wohnzimmer zu gehen, um nach dem Rechten zu sehen. Dann entschied er, Heinrich etwas Ruhe zu gönnen.

„Die Nerven liegen blank, das ist ganz normal“, Paul stand wieder am Fenster.

Für die technischen Feinheiten war Stefan zuständig, der die Geräte miteinander verband.

„Marc ist vorhin weggefahren. Ich hoffe, er macht keinen Blödsinn und versucht, Christina auf eigene Faust zu befreien.“

„Wie soll er? Die Entführer melden sich hier. Sonst hätten sie die Forderungen nicht an Heinrich gerichtet. Schließlich hat er das Geld.“

„Ja, hoffentlich ist das nicht nur ein Ablenkungsmanöver.“

„Glaubst du, der Ehemann spielt falsch?“, warf Stefan in die Runde.

Alle schauten Thorben an. Der schüttelte langsam den Kopf.

„Nein, er freut sich auf das Kind. Er hat Angst, dass den beiden etwas passiert.“

„Das war wirklich eine großartige Idee, in den Zoo zu gehen“, Marc drehte sich einmal um die eigene Achse.

Thorben schaute ihn verwundert an. Normalerweise grinste sein Freund nur dann auf diese Weise, wenn er nach einem anstrengenden Arbeitstag sein erstes Bier bekam. Die Zwillinge schaukelten und Thorben hatte Mühe, ihren Wunsch, immer höher und höher zu kommen, auf ein vernünftiges Maß zu beschränken. Christina und Jenny saßen in der Sonne.

„Welche Tiere haben euch am besten gefallen?“, fragte Marc die Kinder.

„Kätzchen", rief Jana.

„Die habe ich gar nicht gesehen."

„Sie wünscht sich Eines zu Weihnachten", erklärte Jenny.

„Aber nicht, dass du das zum Anlass nimmst, eine Katze zu kaufen", sagte sie zu Christina.

Die nickte nur abwesend mit dem Kopf. Sie war schon den ganzen Tag still gewesen, fiel Thorben auf.

„Kommt, wir trinken was. Ich spendiere eine Runde, es gibt etwas zu feiern. Und die Kinder kriegen ein Eis."

Thorben wunderte sich erneut über seinen Freund. Normal war das nicht. Er war gespannt, den Grund der Großzügigkeit zu erfahren.

Sie suchten sich einen halbschattigen Platz in dem kleinen Biergarten und bestellten. Als alle Getränke serviert waren, hob Marc sein Weizenbierglas.

„So, jetzt trinken wir auf das Wohl meines ungeborenen Sohnes."

Er trank sein Glas bis zur Hälfte leer. Christina stellte ihr Glas ab, ohne zu trinken. Jenny schaute zwischen ihr und Marc hin und her. Überrascht sah Thorben seinen Freund an. Marc blickte beifallheischend in die Runde.

„Christina ist schwanger, habt ihr das nicht kapiert?"

Er legte den Arm um seine Ehefrau und drückte ihr einen Kuss auf die Wange.

„Herzlichen Glückwunsch", Thorben prostete den beiden zu.

„Von mir auch", meinte Jenny.

Christina brachte ein kleines Lächeln zustande. Sie wich seinem Blick aus, schaute zur Seite. Thorben konnte nicht einschätzen, ob sie sich darüber ärgerte, dass Marc die Schwangerschaft hier einfach heraus posaunte oder ob es einen anderen Grund gab. Viele seiner Kolleginnen schwiegen, bis es nicht mehr zu übersehen war. Allerdings wurden sie dann auch sofort in den Innendienst verbannt.

Auf dem Rückweg zum Auto nutzte Thorben die Gelegenheit und ließ sich mit Christina etwas zurückfallen.

„Wie weit bis du denn?", frage er und wunderte sich, dass weder er noch Jenny gleich danach gefragt hatten.

„Schon in der zehnten Woche. Ich hatte mehrmals Blutungen, deshalb habe ich erst nichts gemerkt."

„Aber es ist alles in Ordnung?"

„Ja, alles bestens. Der Termin ist der achtzehnte Mai."

„Und es wird ein Junge?"

„Marc spinnt."

Thorben erschrak über die Heftigkeit, mit der sie das sagte.

„Er und Vater wünschen sich einen männlichen Erben. Was sonst? Als könnten Frauen nicht ihren Mann stehen. Wenn ich es beeinflussen könnte, würde ich nur Mädchen in die Welt setzten."

„Das würde mit der Zeit aber sehr eintönig werden", meinte Thorben sanft, um sie aufzumuntern.

Christina blieb stehen, lächelte.

„Na gut, dann sollen meine Söhne so werden wie du."

„Was trödelt ihr beiden denn?", rief Marc.

„Jenny hat gerade vorgeschlagen, bei euch zu grillen. Ich hoffe, du hast genug Bier zu Hause."

„Ja, es war richtig", Marc freute sich auf sein Kind, seinen Sohn. Christina verriet jedoch nur Thorben, dass es tatsächlich ein Junge wurde. Ihrem Ehemann nicht.

„Er hält es nicht für nötig, mit zum Ultraschall zu gehen, die Geburtsvorbereitungen interessieren ihn auch nicht, weshalb soll ich es ihm erzählen?", waren ihre Argumente.

Mit der Hand strich sich Thorben die Haare aus dem Gesicht. Er hoffte, dass die Entführung nicht nur inszeniert war. Seine hohe Meinung von Christina wollte er nicht beeinträchtigt sehen. Doch zugegeben: Manchmal hatte Christina seltsame Ideen.

„Hey, wenn mich meine Augen nicht trügen, dann kommt deine Frau gerade die Auffahrt hoch. Hast du sie her bestellt?“, fragte Paul erstaunt. Thorben schüttelte den Kopf, ging zur Haustür und öffnete, bevor Jenny klingelte.

Sie hielt in beiden Händen prall gefüllte Plastiktüten und strahlte ihn an.

„Marc schickt mich, ich soll dafür sorgen, dass es euch an nichts fehlt. Außerdem macht er sich Sorgen um seinen Schwiegervater. Ich geh dann mal in die Küche. Möchtet ihr Kaffee? Ich mache noch ein paar Schnittchen.“

„Jenny, ich halte das für keine gute Idee“, Thorben verstand die Welt nicht mehr. Eben war Marc noch wütend auf ihn und Heinrich gewesen, jetzt sorgte er sich um ihr leibliches Wohl.

„Ich komme Marcs Bitte nach, das muss dir nicht gefallen.“

Ohne eine Antwort abzuwarten, trug sie die Taschen in die Küche.

Kopfschüttelnd ging Thorben zurück ins Arbeitszimmer.

„Jenny soll sich um unser leibliches Wohl kümmern, auf Marcs Wunsch“, erklärte er seinen Kollegen.

„Wow, das wird dann ein Genuss für alle Sinne“, schwärmte Stefan und rieb sich den Bauch.

„Ach, was“, wandte sich Bernd an Thorben, „ist deine Frau so ein toller Feger?“

Darauf erhielt er eine Kopfnuss von Paul, der hinter ihm stand.

„Jetzt reißt euch zusammen, wir sind hier zum Arbeiten und nicht zum Rumalbern. Muss ich euch den Ernst der Lage noch einmal erklären?“

Heinrich Holzer

Gedankenverloren ging Heinrich vom Wohnzimmer in den Garten. Sein Blick wanderte über die Rosenstöcke. Erste Blattspitzen zeigten sich, langsam erwachte die Natur. In den Bäumen saßen Vögel, die mit ihrem Gezwitscher die Freude auf den kommenden Frühling verkündeten. Hier im Garten herrschte eine friedliche Atmosphäre. Eine Atmosphäre, die sich nicht auf ihn übertrug. Heinrich Holzer hasste es, untätig daneben zu stehen.

Der Gedanke, Christina könnte etwas passieren, verfolgte ihn. Die Unruhe, die sich in ihm breit machte, spürte er in seinem Herzen, das sich zusammenkrampfte. Er könnte es nicht ertragen, wenn seiner Tochter etwas zustieß. „Warum habe ich ihr nur nicht erlaubt, meine Nachfolge anzutreten?" Dies war die größte Enttäuschung, die er ihr zugefügt hatte, das wusste er jetzt.

Während ihres Studiums stritten sie oft darüber. Mehrmals versuchte er, ihr klar zu machen, dass die Kunden und vor allem die Lieferanten keine Frau akzeptieren würden und sie sich einen Ehemann suchen sollte, der ihr zur Seite stünde. Heinrich hatte ihr keine Chance gelassen und so war ihre Wahl auf Marc gefallen. Doch der war nicht der Typ Mann, der neben ihr die zweite Geige spielen wollte. Heinrichs Meinung nach hielt Marc sie klein. Die Marketingabteilung redete er ihr schön und schloss sie damit von allen wichtigen Entscheidungen aus.

Nun wurde sie Mutter und er hoffte, ihre verpassten Karrierewünsche würden in der Erziehung ihres Kindes in Vergessenheit geraten. Er freute sich darauf, Großvater zu werden. Wenn er auf sein bisheriges Leben zurückblickte, war er insgesamt zufrieden. Für einen Flüchtlingsjungen, der sich allein durchschlagen musste, hatte er viel erreicht. Die Entbehrungen im Krieg, der frühe Verlust der Eltern und die Flucht prägten sein Leben. Seinen Mitmenschen zu vertrauen, fiel ihm schwer, zu oft hatte er erfahren, dass die Meisten nur auf ihren eigenen Vorteil bedacht waren. Ohne Rücksicht darauf, wie hoch die Nachteile für die Anderen wogen. Heinrich schätzte seine kleine Familie, Christina war ihm wichtig.

Könnte er sie nur besser verstehen. Lydia war da ganz anders. Sie brauchte ihn nur anzusehen, schon wusste sie Bescheid. Als er Kind war, gab es niemanden, mit dem er seine Gefühle, Glück oder Leid teilen konnte. Er hatte nie gelernt, darüber zu reden. Kein Wunder also, dass auch Christina alles mit sich selbst ausmachte. Vielleicht würde es das Baby schaffen, Christina zu öffnen, damit sie lernte, ihren Gefühlen freien Lauf zu lassen. Wie sehr er hoffte, dass sie über das Baby zueinander finden könnten.

„Herr Holzer", rief jemand aus dem Inneren des Hauses. Heinrich drehte sich um und Jenny, Thorbens Ehefrau, kam auf die Terrasse. Sie hier zu sehen, verwirrte ihn.

„Marc hat mich gebeten, mich um Sie zu kümmern", erklärte sie. „Soll ich Ihnen einen Kaffee kochen?"

Er nickte zustimmend und folgte ihr ins Haus. Als sie am Arbeitszimmer vorbeigingen, rief Thorben Heinrich zu sich.

Der schwere Eichenschreibtisch war vollgestellt mit elektronischen Geräten. Thorbens Kollegen blickten ihn an, als er den Raum betrat. Am Schreibtisch saß Paul Becker. Direkt neben ihm kniete Stefan Schwartz. Er überprüfte die Verbindung vom Telefon zum Aufnahmegerät. Dahinter der Jungspund, seinen Name hatte Heinrich vergessen. Nervös spielte er mit einem Kabel herum und vermittelte den Eindruck, fehl am Platz zu sein. Thorben schloss die Tür hinter Heinrich. Beide setzten sich auf die schweren Stühle vor dem Schreibtisch.

Heinrich mochte Thorbens ruhige, bedächtige Art. Letzten Sommer hatte Christina eine Gartenparty veranstaltet. Rührend kümmerte Thorben sich um die Zwillinge, während seine Frau Cocktail schlürfend im Liegestuhl lag. Er hielt Jenny für oberflächlich, außerdem hegte er den Verdacht, dass sie sich für Marc interessierte. Mehr als es sich für eine Freundin der Ehefrau gehörte. Ärgerlich schob er diese Gedanken zur Seite und konzentrierte sich auf die Erläuterungen des Polizisten.

„Wir haben Ihr Telefon mit unserer Abhörtechnik verbunden. Bitte nehmen Sie alle Anrufe nur an diesem Apparat entgegen", erklärte ihm Thorben. „Das Gespräch wird aufgezeichnet. Gleichzeitig werden wir über die Kopfhörer mithören. Bitte warten Sie mit dem Abheben, bis wir Ihnen dieses Zeichen geben."

Paul hob den Zeigefinger der rechten Hand und deutete nach einem kurzen Moment auf das Telefon und nickte gleichzeitig Heinrich zu.

„Gut", fuhr Thorben fort, „wichtig ist, dass Sie versuchen, das Gespräch in die Länge zu ziehen. Fragen Sie nach Christina. Fordern Sie ein Lebenszeichen. Wiederholen Sie die Forderung und die Anweisungen. Vor allen Dingen versuchen Sie, ruhig zu bleiben."

Jenny unterbrach sie, als sie mit einem Tablett das Arbeitszimmer betrat.

„Ich habe Snacks gemacht."

Geschäftig begann sie, Kaffee an die Männer zu verteilen. Dann nahm sie eine Platte mit Sandwiches und bot jedem davon an. Heinrich konnte nicht verstehen, wie man in dieser Ausnahmesituation an diese profanen Dinge denken konnte. Plötzlich klingelte das Telefon.

Heinrich wartete, bis die Polizisten ihre Kopfhörer aufgesetzt hatten und ihm das vereinbarte Zeichen gaben, dann hob er den Hörer ab.

„Holzer", es überraschte ihn, wie fest seine Stimme klang.

„Bringen Sie fünfhunderttausend D-Mark in einer unauffälligen Plastiktüte zum Waldstadion. Deponieren Sie das Geld im Mülleimer am Haupteingang. Der ist mit einem roten X markiert. Das Päckchen muss bis siebzehn Uhr hinterlegt sein."

Die Stimme klang merkwürdig. Heinrich musste sich anstrengen, alles zu verstehen. Vereinbarungsgemäß wollte er nach einem Lebenszeichen von Christina fragen, doch der Entführer legte sofort auf. Lange lauschte er dem Tuten in der Leitung.

Thorben Harth

Die Polizeibeamten warfen sich hilflose Blicke zu.

„Heute Abend spielt die Eintracht gegen den VfB. Wir können unmöglich zu viert den Mülleimer überwachen, da ist nachher der Teufel los. Das Spiel beginnt um zwanzig Uhr, es wird also dunkel sein. Wir müssen Verstärkung anfordern", ließ Paul verlauten.

„Das dürft ihr nicht", empörte sich Jenny, „der Entführer hat es verboten."

„Sei still, das wissen wir", fuhr Thorben seine Frau an. Danach herrschte betretenes Schweigen.

„Herr Holzer, können Sie, sagen wir, bis vierzehn Uhr das geforderte Geld auftreiben?", ergriff Paul erneut das Wort.

Heinrich nickte: „Ich habe einen größeren Geldbetrag hier und auch im Firmensafe habe ich Bargeld. Die meisten meiner Lieferanten bevorzugen Barzahlung."

„Gut, kann jemand das Geld herbringen oder nein, besser, wir holen es dort ab."

Müde strich sich Heinrich durch die Haare.

„Ja, mein Buchhalter hat einen Schlüssel. Man wird Ihnen das Geld auf meine Anweisung hin ausgehändigen. Wie stehen die Chancen, dass Christina noch lebt?"

Heinrich blickte Thorben an.

„Er wird sie nicht umbringen. Er will nur das Geld", meldete sich Jenny zu Wort.

Die Männer ignorierten ihren Einwand.

Thorben hingegen schien nicht so zuversichtlich zu sein. Er strich sich übers Kinn, bevor er antwortete: „Sie werden sie erst freilassen, wenn sie das Geld haben und in Sicherheit sind. Beziehungsweise uns erst dann ihren Aufenthaltsort mitteilen. Bis dahin werden seit Beginn ihrer Entführung mehr als vierundzwanzig Stunden vergangen sein. Es kommt darauf an, wo und wie sie gefangen gehalten wird. Sie kann die Zeit ohne Essen und Trinken schadlos überstehen, wenn nicht etwas Unvorhergesehenes geschieht."

Heinrich Holzer

Heinrich schloss die Augen. Er verstand, worauf Thorben anspielte. Schließlich war Christina im achten Monat schwanger.

„Sie sollten jetzt dafür sorgen, dass das Geld bereitsteht, um den Rest kümmern sich die Jungs." Beruhigend legte Thorben ihm eine Hand auf die Schulter und drückte diese leicht. Dann ging er zu Jenny, die an der Tür stand. Gemeinsam verließen sie das Zimmer.

Heinrich rief seinen Buchhalter an und gab ihm genaue Anweisungen. Dessen Rückfragen beachtete er nicht, sondern befahl ihm barsch, seinen Angaben zu entsprechen. Daraufhin verließen der schwarzhaarige Polizist und der Blondschopf das Zimmer. Paul Becker sprach Heinrich an, der zusammengesunken in einem Sessel saß.

„Wären Sie damit einverstanden, dass wir weitere Kollegen einschalten? Um die Täter beim Abholen des Geldes fassen zu können, müssen wir das Stadion mit mindestens zehn Zivilfahndern überwachen. Außerdem wäre es ratsam, die Polizisten vor Ort entsprechend zu instruieren. Nur so haben wir eine reelle Chance. Die Forderung der Entführer, die Polizei nicht einzuschalten, hat im Grunde genommen keine Auswirkung darauf, wie sie mit dem Opfer verfahren."

Müde nickte der Angesprochene: „Tun Sie nichts, was das Leben meiner Tochter gefährden könnte."

„Wir bringen einen Peilsender an der Plastiktüte an. Das wird uns helfen, sie zu verfolgen, bis sie sich dieser entledigen. Wir werden die Person oder Personen verfolgen und erst zugreifen, wenn wir wissen, wo ihre Tochter festgehalten wird oder sie in Sicherheit ist. Leider können wir keine Garantien geben, Herr Holzer." Heinrich hielt den Kopf gesenkt und fuhr sich mit der Hand über die Augen. Er wünschte, aus diesem Alptraum zu erwachen.

Thorben Harth

„Jenny, wir befinden uns in laufenden Ermittlungen, die der Geheimhaltung unterliegen." Thorben versuchte, ruhig zu bleiben. „Geh bitte in die Küche oder nach Hause. Wo sind eigentlich die Zwillinge?"

„Die sind bei unserer Nachbarin. Die ist froh, wenn sie sich Geld dazu verdienen kann."

„Wir brauchen dich hier nicht. Und jetzt sag nicht, Marc hätte dich her bestellt. Heinrich muss nicht umsorgt werden. Ich habe eher das Gefühl, das du ihm auf die Nerven gehst. Abgesehen davon bringst du mich in Schwierigkeiten. Jetzt müssen wir alles für einen Polizeieinsatz in die Wege leiten. Ich kann deine Anwesenheit nicht länger dulden. Pack deine Sachen und geh."

Die Tür zum Arbeitszimmer öffnete sich und hinderte Jenny an einer Antwort. Sie drehte sich um und ging in die Küche.

„Ich hole das Geld und Bernd fährt zum Stadion, man kann nie wissen, vielleicht treiben sich die Entführer dort rum", klärte ihn Stefan über die weitere Vorgehensweise auf.

„Ich bleibe hier. Wir werden mehr Kollegen brauchen. Wahrscheinlich kann ich Herrn Holzer davon überzeugen."

Stefan nickte bestätigend. Thorben gab ihm seinen Autoschlüssel und die beiden Kollegen verließen das Haus.

Für einen Moment verharrte Thorben im Flur. Ihm gingen viele Gedanken durch den Kopf. Er musste sich jetzt konzentrieren. Da waren zu viele Ungereimtheiten, die er sich nicht erklären konnte. Zum Beispiel Marcs Überreaktion. Warum wollte er keine Polizei? Und was bedeutete die fürsorgliche Anwesenheit Jennys? Gerade, als er sich umdrehen wollte, um zu Paul und Heinrich Holzer ins Arbeitszimmer zu gehen, hörte er Jennys gedämpfte Stimme.

Lauschend stellte sich Thorben vor die Tür, er verstand kein Wort. Als er die Tür öffnete, lehnte Jenny leicht gebeugt mit dem Telefonhörer in der Hand am Küchentisch. Sie starrte ihn erschrocken an. Ohne weiter zu sprechen, legte sie den Hörer auf. Thorben blickte Jenny fragend an, die verlegen ihre Hände knetete.

„Ich habe unsere Nachbarin angerufen", erklärte sie ungefragt, „sie scheint mit den Zwillingen unterwegs zu sein. Sicher sind sie zum Spielplatz gegangen. Ich habe ihr aufs Band gesprochen, dass ich gleich zu Hause bin."

Während sie sprach, blickte sie ihren Ehemann mehrmals an, vermied jedoch einen längeren Blickkontakt. Ihre Augen schweiften unruhig durch das Zimmer. Die einzige Reaktion, die sich Thorben erlaubte, war die hochgezogene rechte Augenbraue.

In seiner langjährigen Dienstzeit hat er oft die Gelegenheit gehabt, Verdächtige bei Verhören zu beobachten. „Die Vorstellung, die Jenny mir bietet, wäre für einen Lehrfilm über die Körpersprache eines Lügners geeignet", dachte er bitter. „Jetzt fehlt nur noch der krönende Satz: ‚Um die Wahrheit zu sagen,...'„

„Ich packe die übrigen Sachen in den Kühlschrank und fahre."

Noch während sie sprach, begann sie aufzuräumen.

„Das Ganze hat mich sehr mitgenommen. Ich beeile mich nach Hause zu kommen, ehrlich."

Obwohl Thorben sicher war, dass Jenny log, war ihm nicht klar, was sie verbergen wollte. Deshalb wandte er einen Verhörtrick von Paul an. Ein bisschen kam er sich lächerlich vor. Doch er wollte seinem Gefühl nachgehen, auch wenn es seine Ermittlungen sein Privatleben betrafen. Er war mit Leib und Seele Polizist und nicht ohne Grund lag seine interne Bewerbung bei der Mordkommission. Er tat so, als wollte er gehen.

Im Hinausgehen sagte er: „Wenn sich Marc bei dir meldet, sag ihm, dass wir dem Entführer auf der Spur sind."

Dabei beobachtete er Jennys Reaktion im Augenwinkel.

Sie verharrte in der Bewegung und blickte erschrocken auf.

„Marc wird sich nicht bei mir melden. Warum sollte er? Er denkt, ich bin hier. Schließlich war es seine Idee, Herrn Holzer zu unterstützen."

Dann stockte sie, ihr Blick wanderte durch die Küche.

„Falls er mich anruft, welche neuen Erkenntnisse habt ihr denn?" Erwartungsvoll schaute sie Thorben an.

„Das kann ich dir nicht sagen. Geh nach Hause. Heute Abend hat sich alles geklärt. Christina kann dir dann Morgen berichten."

Da hellte sich Jennys Miene auf.

„Ja, gut."

Sie schenkte ihm ein strahlendes Lächeln. Thorben wurde ein weiteres Mal nicht schlau aus seiner Frau.

Als Thorben das Arbeitszimmer betrat, kam ihm Heinrich Holzer entgegen. Er nickte ihm nur zu. Christinas Vater schien um Jahre gealtert zu sein.

Paul saß am Schreibtisch und telefonierte. Forderte Verstärkung an. Die Maschinerie wurde angeworfen. Thorben merkte, wie die Anspannung der letzten Stunden nachließ. Er vertraute der Polizeiarbeit seiner Kollegen. Jetzt wurde alles Menschenmögliche getan, um Christinas Leben zu retten.

Heinrich Holzer

Heinrich Holzer ging hinaus auf die Terrasse. Die Sonne schien durch die Wolken, die Luft war kühl. Davon spürte Heinrich nichts. Wie viele glückliche Stunden hatte er hier im Garten verbracht? Es hätten viel mehr sein sollen. Wenn erst sein Enkelkind da wäre, würde er neue Prioritäten setzen. Er könnte kürzer treten und Christina und Marc mehr Freiraum im Betrieb geben, um sich als Opa zu betätigen, nahm er sich fest vor.

Ihm kam das Telefonat mit seinem Buchhalter in den Sinn. Sehr barsch hatte er auf seinen Anweisungen bestanden. Erst gestern hatte dieser dringend mit ihm sprechen wollen. Er war auf Unregelmäßigkeiten bei den Überweisungen gestoßen. Marcs Andeutungen, Christina könnte damit zu tun haben, waren lächerlich. Heinrich versprach, die Unterlagen durchzugehen.

Das Telefonat eben hatte den armen Mann überfordert. Heinrich war unschlüssig, er sollte ihn noch einmal anrufen. Er war ein guter Mitarbeiter, dem das Wohl des Unternehmens am Herzen lag. Sicher machte er sich unnötige Sorgen um die finanzielle Lage.

Marc könnte sich darum kümmern. Doch seine Anrufe im Büro und zu Hause liefen ins Leere. Und am Handy meldete sich nur eine mechanische Frauenstimme. Marc schien spurlos verschwunden zu sein, wie Christina.

„Warum war überhaupt Jenny in Marcs Auftrag aufgetaucht?", verwundert schüttelte Heinrich den Kopf. „Wieso sie? Weil Thorben hier ist? Aber bringt ihn die Anwesenheit seiner Frau nicht eher in Verlegenheit gegenüber seinen Kollegen?"

Heinrich ging zurück ins Haus. Mit dem Telefonapparat im Flur probierte er erneut, Marc zu erreichen. Lange ließ er es klingeln, ohne Erfolg. Er beschloss, sich etwas frisch zu machen, bevor er wieder ins Arbeitszimmer ging. Heinrich nahm die Treppen nach oben in den ersten Stock. Auf der ersten Stufe blieb er kurz stehen. Die Erinnerung an Christinas zweiten Unfall überkam ihn.

Mitten in der Nacht wurde er durch Christinas Rufen wach. Sie rief nach der Kinderfrau. Zuerst reagierte er nicht, sein Bewusstsein war vom Alkohol umnebelt. Ärgerte sich, dass das Kindermädchen seiner Pflicht nicht nachkam. Ein lautes Rumpeln schreckte ihn aus seiner Lethargie. Am Fuß der Treppe fand er Christina. Samt Schlafsack war sie aus ihrem Gitterbett herausgeklettert. Entsetzt drückte er den leblosen Körper an sich und schrie. Schrie und schrie, seinen ganzen Schmerz, den Frust, alles, was sich die letzten Wochen angestaut hatte, schrie er heraus.

Dann hörte er ein schwaches Echo seiner Schreie. Seine Versuche, Christina zu beruhigen, schlugen fehl, deshalb packte er sie ins Auto und fuhr ins Krankenhaus. Wieder saß er da und bangte, um das Leben seiner Tochter. Endlich kam der Arzt und gab Entwarnung. Sie sollte nur zur Beobachtung dableiben, um eine Gehirnerschütterung ausschließen. Da fiel die Anspannung von ihm ab. Er begann hemmungslos zu weinen.

Die Nacht über blieb er im Krankenhaus. Rastlos wanderte er durch die Gänge, trank unzählige Automatenkaffees und schaffte es, nüchtern zu werden. Er begann, sich Notizen zu machen, schrieb alle Dinge auf, die im Argen lagen und überlegte sich Lösungen dazu.

Für den Rest der Woche nahm er sich frei und verbrachte die Zeit mit Christina. Plante ihr neues Leben. Intensiv suchte er eine Haushaltshilfe, die bereit war, sich tagsüber um Christina zu kümmern. Ab achtzehn Uhr wollte er dann zuständig sein für die Kleine. Sie aßen gemeinsam zu Abend und er brachte sie auch ins Bett. Außerdem richtete er sich ein Arbeitszimmer ein. Bisher hatte er sich dagegen gewehrt, Arbeit mit nach Hause zu nehmen. Aber mit irgendetwas musste er die einsamen Abendstunden füllen.

So richtete er ihnen ein neues Leben ein. Nicht ändern konnte er jedoch die Entfremdung zwischen ihnen, die sich im Laufe der Zeit einschlich. Sie lebten mehr nebeneinander her als miteinander. Christina wurde schnell selbstständig. Er ging davon aus, sie würde verstehen, dass nur wenig Zeit übrig blieb neben seiner Arbeit. Umso mehr verwunderte ihn, wie sie sich über sinnlose Kleinigkeiten aufregte.

Gerade als er die letzte Stufe erreichte, kam Jenny aus dem Gästezimmer heraus. Sie erschrak, als sie ihn sah.

„Ich habe gerade mit Marc telefoniert", erklärte sie ohne seine Frage abzuwarten, „er lässt fragen, ob Sie die fünfhunderttausend D-Mark zusammen haben."

„Wo ist Marc?" Ein lähmendes Gefühl breitete sich in ihm aus. Heinrich kannte diese Empfindung, er wusste, dass es Angst war. Eine Angst, die sich in ihm ausbreitete und ihn bedrohte. Er konnte sich nicht daran erinnern, jemals in seinem Leben in solch einer schwierigen Situation gewesen zu sein. Er hielt die Fäden nicht mehr in den Händen. Da gab es andere, unbekannte Kräfte, die ihn wie eine Marionette beliebig tanzen lassen konnten.

„Zu Hause, falls sich die Entführer dort melden."

„Warum geht er dann nicht ans Telefon? Gerade habe ich dort angerufen und keiner hat abgenommen."

Jenny schaute ihn mit weit aufgerissenen Augen an.

„Vielleicht war er kurz draußen zum Rauchen?", suchte sie nach einer Erklärung. „Er sorgt sich sehr um Christinas Wohlbefinden. Schaffen Sie es, die fünfhunderttausend D-Mark rechtzeitig zum Waldstation zu bringen?"

Heinrich war sichtlich genervt.

„Wenn Marc mehr wissen will, soll er herkommen", empörte er sich.

Er dachte kurz nach und fragte dann: „Woher wissen Sie, wie viel Geld gefordert wurde und vor allem, wohin ich es bringen soll?"

„Von Marc", antwortete Jenny und augenblicklich erkannte sie ihren Fehler. „Von Thorben."

Heinrich trat näher an sie heran.

„Das glaube ich nicht."

Er war erstaunt über seine eigenen Worte. Plötzlich ahnte er, woher Marc die Lösegeldsumme kannte. Ihm wurde heiß, als würde in seinem Kopf ein Vulkan ausbrechen. Seine Gehirnströme gerieten ins Stocken. Für Bruchteile von Sekunden konnte er weder denken noch fühlen. Es schien ihn nicht mehr zu geben. Wie Lava beim Erkalten starr wird, stockte sein Verstand. Stück für Stück begann er, Eins und Eins zusammenzuzählen. Langsam formte sich ein klarer Gedanke.

Er konnte seinen Verdacht nicht mehr zurückhalten: „Sie und Marc haben das eingefädelt."

Schwindel erfasste ihn, sein Herz schlug wild. Er griff zum Geländer, verfehlte es und machte einen Schritt nach vorne. Dabei rempelte er gegen Jenny. Ruckartig riss sie ihre Arme nach oben und versetzte ihm einen Stoß. Sein Schritt nach hinten ging ins Leere. Sie standen zu nah an der Treppe. Einen kurzen Moment schien es, als würde Heinrich in der Luft schweben, dann fiel er rückwärts die Treppe hinunter.

Die Stufen trafen ihn hart im Rücken, der Schlag auf den Hinterkopf schickte Schmerzenswellen durch seinen Körper. Er überschlug sich, versuchte instinktiv, sich mit einer Hand am Geländer festzuhalten. Der plötzliche Richtungswechsel hebelte ihn in die Luft und er überschlug sich wieder. Seine Gedanken rasten: „Christina, wie konnte ich so blind sein."

Der Aufprall auf der letzten Stufe brach ihm das Genick.

Thorben Harth

Als Paul den Hörer auflegte, wandte er sich übergangslos an Thorben.

„Das Ganze stinkt zum Himmel. Ich habe kein gutes Gefühl. Der oder die Entführer müssen die Verhältnisse der Familie Holzer verdammt gut kennen. Sie haben nicht auf die Reaktion gewartet, ob Herr Holzer alles richtig verstanden hat. Normalerweise würden sie den Übergabeort nicht vorab bekannt geben. Das ist Wahnsinn oder unprofessionell. Die müssen damit rechnen, dass wir dort einen Beamten postieren. Die geforderte Summe ist nicht gerade ein Pappenstiel. Falls das Geld über eine Bank besorgt werden müsste, würde die Zeit kaum reichen. Sie wussten von dem Bargeld. Ich tippe auf einen ehemaligen Mitarbeiter. Ich schicke einen Kollegen zur Kellerei, damit er dort der Personalabteilung auf den Zahn fühlt."

„Das kann ich tun", sagte Thorben, den Redefluss seines Kollegenfreundes unterbrechend.

„Mit deinen Insiderkenntnissen brauche ich dich hier. Auch um Herrn Holzer beizustehen, das kannst du besser als deine Jenny."

Da fiel Thorben das seltsame Verhalten seiner Ehefrau wieder ein. Als er sie auf Marc ansprach, hatte sie sich ertappt gefühlt und versucht, die Verbindung zu ihm herunter zu spielen. Dass sie sich nach den neusten Erkenntnissen erkundigte, konnte er mit ihrer Neugierde begründen. Doch seine Bemerkung, Christina würde ihr alles erzählen, beruhigte Jenny. Thorben fühlte, dass er alle Puzzleteile in Händen hielt. Er musste sie nur noch richtig zusammenfügen.

Vom Flur drangen Stimmen ins Arbeitszimmer. Thorben ging hinaus und sah Heinrich Holzer und Jenny oben auf der Galerie stehen. Keiner der beiden bemerkte ihn.

Paul trat hinter ihn und fragte: „Was gibt es?"

Gerade als Heinrich etwas zu Jenny sagte. Im nächsten Moment stolperte dieser und fiel nach vorne. Erst sah es aus, als würde Jenny ihn auffangen, um seinen Sturz zu mildern. Stattdessen versetzte sie ihm einen kräftigen Stoß. Thorben und Paul rannten zur Treppe, begleitet von lautem Rumpeln. Vor ihren Füssen blieb Heinrich Holzer liegen. Fassungslos starrte Thorben auf den reglosen Körper, hob den Blick.

„Jenny, was hast du getan?"

Marc Holzer

Tief in Gedanken versunken fuhr Marc zur Waldhütte. Er haderte mit seinem Schicksal. Sein Plan war gefährdet. Am einfachsten wäre es gewesen, wenn er die Geldübergabe selbst gemacht hätte. Die Zeit wurde knapp. Er brauchte Ruhe, um die nächsten Schritte zu planen. Den Abschied von Christina wollte er sich nicht nehmen lassen. Als Ehefrau und Geliebte taugte sie nicht. Diese Erkenntnis hatte er vor langer Zeit erlangt, schon vor der Hochzeit. Doch ihn reizte ihr Geld, beziehungsweise das ihres Vaters. Und genau das wollte er ihr mit kalter Genugtuung abschließend klar machen. Er gehörte nicht zu der Sorte Mann, der sich von einer Frau abservieren ließ.

Als Sohn eines Arztes war er im Luxus aufgewachsen. Marc konnte sich gut an den Tag erinnern, an dem sein Vater die Familie verließ und sich alles änderte. Eines Nachmittags kam er aus der Schule nach Hause. Die Halbjahreszeugnisse waren ausgeteilt worden und er war sicher, ein großzügiges Geldgeschenk von seinem Vater zu bekommen.

Das Haus war seltsam still, als er die Haustür öffnete.

„Hallo ich bin da. Sorry, das es später geworden ist."

Keine Antwort.

„Mutti? Sam? Angie?" Er lief in die Küche, dann ins Esszimmer und Wohnzimmer. Seine Unruhe wuchs. Vielleicht waren sie einkaufen gefahren, aber hätten sie dann nicht einen Zettel hingelegt? Der Anrufbeantworter blinkte. Marc drückte die Play-Taste: „Betty, ich komme heute doch nicht mehr vorbei. Ich melde mich wieder." Typisch Vater, der ließ sich auch immer seltener sehen. Marc schüttelte den Kopf.

Dann ging er ins Obergeschoss. Im Schlafzimmer der Kleinen fand er die Drei. Zusammengekuschelt lagen sie auf einem der Betten und schliefen. Marc beobachtete das friedliche Bild und lauschte auf die leisen Atemzüge. Begriff nicht, warum sie mitten am Tag schliefen. Dann entdeckte er einen Brief, der auf dem Boden lag. Er erkannte die Schrift seiner Mutter und las die Zeilen.

„Lieber Daniel,

da Du beschlossen hast ein neues Leben zu beginnen, bleibt mir nur, einen deutlichen Schlussstrich zu ziehen. Du hast Dir eine neue Frau gesucht und Ihr erwartet ein Kind. Wir, Deine Familie, Deine erste Familie, scheinen plötzlich keinen Wert mehr zu haben. Du stellst uns vor vollendete Tatsachen. Lässt mich mit einem Scherbenhaufen zurück. Ich habe mich immer Deinen Wünschen gebeugt. Das hat nun ein Ende. Wenn Du heute Mittag Deine restlichen Sachen abholst, werden ich und Deine Kinder tot sein.

Leb wohl

Betty

Kein Wort von Marc, kein Gruß an ihn. Während er unschlüssig vor dem Bett stand, wurden seine Schwestern wach.

„Sagt mal, was ist denn mit euch los? Ihr haltet doch sonst keinen Mittagsschlaf."

„Mama hat uns einen komischen Saft gegeben."

„Der war bitter."

„Aber wir mussten ihn ganz zu Ende trinken", plapperten die beiden durcheinander. Sie rüttelten ihre Mutter und riefen:

„Hunger!"

Benommen öffnete Betty die Augen und sah erschrocken ihren Sohn an.

Fragend hielt Marc ihr den Brief entgegen.

„Wie viel Uhr ist es?" Sie griff danach und zerknüllte ihn.

„Es ist schon nach zwei, warum?“

Seine Mutter blieb die Antwort schuldig und ließ sich von den Mädchen aus dem Zimmer ziehen.

„Hunger, Hunger“, sangen die beiden fröhlich.

Marc erkannte, dass seine Mutter den gemeinsamen Suizid für seinen Vater inszeniert hatte. Später dachte Marc oft mit Verachtung daran und in den schwärzesten Stunden bedauerte er, dass sie nicht den Mut gehabt hatte, genügend Tabletten zu nehmen.

Seine Mutter konnte nicht haushalten, das Geld war knapp. Der Vater zahlte nur das Nötigste. Marcs schulische Leistungen ließen nach. Er übernahm die Erziehung seiner Schwestern, weil ihre Mutter sich gehen ließ. Sie wurde alkohol- und tablettenabhängig. Das prägte Marc fürs Leben und er wollte nie wieder arm sein. In dieser schweren Zeit lernte er Jenny kennen. Seitdem klebte sie an ihm wie eine Klette. Er liebte sie nicht, zumindest redete er sich das ein, doch er begehrte sie. „Mein Ausgleich zum öden Eheleben“, nannte er sie gerne und sie ließ sich das gefallen, stellte keine Ansprüche.

Er schaffte Geld auf die Seite. Wohlwissend, dass er Christina nicht ewig an sich binden konnte. Dabei bemühte er sich, sie zu halten, jedenfalls empfand er das so. Ihre Schwangerschaft gab ihm die Sicherheit, Zeit zu gewinnen. Erst der Streit am Wochenende öffnete ihm die Augen. Die Tatsache, dass sie sich von ihm trennen wollte, machte ihn wütend. Eine Wut, die er schwer kontrollieren konnte. Wollte ihr ins Gesicht schreien, sowieso niemals Liebe für sie empfunden zu haben. Geld war ihm wichtiger als romantisches Geplänkel. Kein Tag verstrich seitdem, an dem er nicht damit rechnete, sie würde sich von ihm trennen. Wie einen räudigen Hund wollte sie ihn wegjagen.

Endlich erreichte er die Hütte. Heftig schlug er die Tür des Wagens zu, schloss auf. Zielstrebig ging er in das zweite Schlafzimmer und knipste das Licht an. Er sah die Erleichterung in Christinas Blick, als sie ihn erkannte und genoss, wie sich langsam die Erkenntnis breit machte, dass er nicht ihr Retter in der Not war. So viel wollte er ihr sagen, sich erklären, seine Genialität hervor stellen. Aber ihm fehlten die Worte, der Triumpf fühlte sich plötzlich hohl an. Die Hände tief in den Hosentaschen starrte er Christina an.

Christina Holzer

Hörte sie ein Motorengeräusch? Da, das war eindeutig das Klappen einer Autotür. Sie lauschte auf die Schritte Der Schlüssel wurde im Schloss gedreht, das Licht eingeschaltet. Marc. Die spürbare Erleichterung blieb ihr im Hals stecken. Denn er sprach kein Wort. Stand im Türrahmen, die Hände tief in den Hosentaschen vergraben. Langsam gewöhnten sich ihre Augen an die Helligkeit. Hier stimmte etwas nicht.

„Marc, endlich, mach mich los, ich muss zur Toilette."

„Er hat alles verdorben", brach es aus ihm heraus. Sein attraktives Gesicht war wutverzerrt, seine Stimme bebte.

„Marc, ich muss wirklich dringend zur Toilette."

„Er hat die Polizei eingeschaltet. Wollte nicht, dass ich die Geldübergabe mache. Dabei liegt das Geld im Safe. Sie haben ihm geraten, die Entführer hinzuhalten. Ein Lebenszeichen von dir zu fordern." Er strich sich mit der linken Hand durch die Haare.

„Marc, ich muss aufs Klo!"

„Na und", fuhr er sie an. „Hörst du nicht, dass ich andere Probleme habe? Bedank dich bei deinem Vater. Wenn alles nach Plan gelaufen wär, dann ..."

„Marc, bitte nimm mir die Fesseln ab, damit ich zur Toilette gehen kann."

„Das geht leider nicht. Die Übergabe ist um siebzehn Uhr. Wenn du Glück hast, kannst du zum Abendessen zu Hause sein."

„Das halte ich nicht aus, ich muss jetzt aufs Klo, verdammt, mach mich los", zur Unterstützung ihrer Forderung rüttelte sie an den Fesseln.

Marc trat näher ans Bett und lächelte sie charmant an: „Tut mir leid, meine Liebe, das Risiko kann ich nicht eingehen. Lass es laufen, ob jetzt oder in einer Stunde macht keinen Unterschied."

Das Glitzern in seinen Augen machte ihr Angst. Er starrte sie an, ohne sie wirklich wahrzunehmen. Dann ging er wortlos. Der Motor heulte auf und die Reifen drehten auf dem weichen Waldboden durch. Wut schnürte ihr die Luft ab. Sie hatte das Gefühl, gleich zu platzen.

„Was bildest du dir ein, mich hier liegen zu lassen", schrie sie ihren Frust in den leeren Raum. Da löste sich die Anspannung ihres Körpers und ihre Blase entleerte sich. Sie ließ es mit angehaltenem Atem geschehen. Der warme Urin breitete sich unter ihr aus und auch nässte die Matratze ein. Sie tat einen tiefen Atemzug und versuchte, den stechenden Geruch und ihre Erniedrigung zu ignorieren.

Jetzt musste sie zuerst ihre Gedanken sortieren. „Man hat mich entführt und Marc steckte da mit drin. Mittendrin. Und Vater, nimmt er das Ganze nicht ernst? Er spielte mit meinem Leben, will Zeit gewinnen?" In ihrem Kopf dröhnte es. Sie hatte Durst und sie stank. Wie lange konnte es noch dauern? Bis zum Abendessen. Sieben, acht Stunden. Ihr wurde schwindelig bei dem Gedanken. Sie spürte ihre Arme kaum noch. Das Metall der Fesseln hatte ihre Handgelenke bereits wundgescheuert.

Tränen der Verzweiflung traten in ihre Augen, lösten sich langsam, rollten herab und sammelten sich in ihren Ohrmuscheln. Vorsichtig rutsche sie näher ans Kopfende. Sie drehte sich zur Seite, um ihre Arme zu entlasten und nicht mehr direkt in der nassen Pfütze zu liegen. Ihr Atem ging stoßweise. Der Kloß im Hals erschwerte ihr das Luftholen. Gedanken stiegen auf, bildeten eine Kette, bevor sie sie erfassen konnte, lösten sie sich auf, wurden durch neue verdrängt. Von allen verlassen. Allein. Sie weinte hemmungslos. Schrie ihre Angst, ihre Wut heraus. Irgendwann schlief sie vor Erschöpfung ein.

Marc Holzer

Heiße Wut stieg in ihm auf und beherrschte sein Denken. Fast spürte er körperliche Schmerzen. Schwerlich hatte er dem Drang widerstanden, Christina weh zu tun. Am liebsten hätte er sie mit bloßen Händen in Stücke gerissen. Doch die Vernunft behielt die Oberhand. Jedes weitere Wort war unnötig. Viel zu schnell verrann die Zeit, jetzt musste er effektiv handeln, um noch alles zu retten.

Er überlegte, ob er Christinas Aufenthaltsort sofort nach der Geldübergabe seinem Schwiegervater mitteilen sollte. Ursprünglich hatte er geplant, ihn damit zu beschäftigen. Aber mit der Polizei im Nacken konnte er nicht riskieren, dass Christina ihn zu früh entlarvte. Sie gefesselt in der Waldhütte liegen zu lassen, war eine gute Idee.

Trotz der mittäglichen Rushhour erreichte er das Waldstadion vor dreizehn Uhr. Mit Sonnenbrille und Baseballkappe getarnt machte er sich zu Fuß auf den Weg zum Eingang. Sein Herz raste. Er musste noch den Mülleimer mit dem roten Kreuz präparieren. Das war ihm erst wieder eingefallen, als er den Entführer-Text vom Band abspielte. Er war sich sicher gewesen, Heinrich würde ihn die Geldübergabe machen lassen. Der Streit mit ihm und die Tatsache, dass Heinrich selbst zum Stadion fahren wollte, verkomplizierten seinen perfekten Plan unnötig.

Kurz bevor er am Mülleimer ankam, beschlich ihn ein seltsames Gefühl. Er setzte sich auf eine Parkbank und beobachtete die Umgebung. Im Stillen verfluchte er sich, dass er vergessen hatte, den Mülleimer zu markieren. Am helllichten Tag öffentliches Eigentum zu besprühen, konnte ordnungsliebende Bürger veranlassen, die Polizei zu rufen. Sein umherschweifender Blick fiel auf einen Mann, der lässig an einem Baum lehnte und bemüht unauffällig die wenigen Passanten beobachtete. Marc erkannte ihn als einen der Kollegen von Thorben. Für einen Moment setzte sein Herz einen Schlag aus.

Hektisch stand Marc auf und ging zurück Richtung Parkplatz. Die Blicke des jungen Polizisten meinte er wie Nadelstiche in seinem Rücken zu spüren. Mühsam mahnte er sich zur Ruhe, um nicht loszustürmen. Am Wagen angekommen drehte er sich um. Der Weg hinter ihm war menschenleer. Marc stieg ein, seine zitternden Hände schafften es kaum, den Schlüssel ins Zündschloss zu stecken und zu starten. Ziellos fuhr er davon. Sein Herz hämmerte wild. Er war der Falle zwar entkommen, doch dunkle Wut durchfuhr ihn. Keine Chance mehr, an das Geld ranzukommen.

Marc fuhr an den Straßenrand, um sich zu sammeln. Die Erkenntnis seines Misserfolgs traf ihn wie ein Faustschlag, nahm ihm den Atem. Wo genau hatte seine Pechsträhne begonnen? Welche Entscheidung war die falsche gewesen? Er fuhr mit der Hand übers Gesicht und schlug mit der Faust auf das Lenkrad, noch einmal. Nein, er trug keine Schuld. Heinrichs Entscheidung, Thorben einzuweihen, war falsch gewesen. Nur deshalb war der Plan aus dem Ruder gelaufen. Alles wäre perfekt gewesen, wenn Heinrich der Forderung nachgekommen wäre. Er hatte das Leben seiner Tochter aufs Spiel gesetzt. „Hoffentlich vergeht er vor Angst um Christina", dachte Marc hasserfüllt.

Jetzt blieb nur noch die Flucht. Jenny sollte um achtzehn Uhr zum Bahnhof kommen. Die Fahrkarten nach Amsterdam steckten in seiner Jackentasche, ebenso die Flugtickets. Mit der KLM würden sie nach Aruba fliegen und von dort ein Boot chartern, um ihre Spuren zu verwischen. In Amsterdam lagen in einem Schließfach der größte Teil des unterschlagenen Geldes und gefälschte Pässe. Unschlüssig blickte er auf seine Armbanduhr.

Die Idee, Jenny bei seinem Schwiegervater anzurufen, verwarf er. Das Telefon wurde abgehört und es war unwahrscheinlich, dass Jenny das Gespräch entgegen nahm. Hinfahren schied aus, er konnte nicht sicher sein, ob der junge Polizist ihn nicht doch erkannt hatte. Er spielte mit dem Gedanken, nach Hause zu fahren, um den Anrufbeantworter abzuhören. Vielleicht hatte Jenny wieder angerufen, um ihn auf dem Laufenden zu halten.

Dann traf er spontan eine Entscheidung. Auf direktem Weg fuhr er zum Bahnhof. Weg, nur weg. In vierzig Minuten fuhr der nächste Zug. Zum Zeitvertreib aß er eine Kleinigkeit. Das Brötchen schmeckte wie Pappe. Als der Zug losfuhr, beruhigten sich zunehmend seine Nerven. „Denk an das Geld. Das ist deine Zukunft. Schade nur um dich, Jenny. Du warst immer wieder ein großartiger Fick." Die Gedanken an Christina schob er schnell zur Seite.

Christina Holzer

„Wenn ich einen Wunsch frei hätte, läge ich zu Hause im Bett", dachte Christina mit geschlossenen Augen. „Ich muss nur ganz fest daran glauben, dann wird es wahr. Vielleicht. Wie kindisch. Schließlich spüre ich die Fesseln deutlich und der Geruch erinnert an ein Bahnhofsklo."

Sie dachte an Dschinni, den Flaschengeist. Christina konnte als Kind nicht verstehen, warum er am Ende wütend auf denjenigen war, der ihn befreite. Was waren dreitausend Jahre Warten, wenn man endlich frei war? Ja, als Kind hatte sie es nicht verstanden. Jetzt dämmerte ihr langsam, dass es tatsächlich einen Unterschied machte, ob man nach einer, zwei oder drei Stunden befreit wurde.

Sie lauschte angestrengt. „Was war das für ein Geräusch, klopfte da jemand?" Es klang wie eine Uhr. Nein, tropfendes Wasser. Der Hahn in der Küche. Sie hasste dieses Geräusch. Ihre trockene Zunge klebte am Gaumen. Jeder Tropfen erinnerte sie an ihren unbändigen Durst. „Sicher hört es gleich auf", versuchte sie, sich zu beruhigen. Wollte sich auf etwas anderes konzentrieren, vergebens.

Tock, tock, tock.

Das Geräusch wurde immer lauter.

Tock, tock, tock.

Fraß sich in ihr Gehirn.

Tock, tock, tock.

„So fühlt sich Wahnsinn an."

Tock, tock, tock.

Ihr Herz schlug im gleichen Rhythmus.

Tock, tock, tock.

Wie erstarrt lag sie da. Tat einen tiefen Atemzug, um den Bann zu brechen.

Tock, tock, tock.

Die Luft roch nach Urin und Schweiß, sie musste würgen. Die Galle brannte in ihrer Kehle.

Tock, tock, tock.

Sie wollte schreien, nur ein klägliches Krächzen ertönte.

Tock, tock, tock.

Jede Faser ihres Körpers war angespannt. Sie spürte jeden Tropfen körperlich. Heißes Wachs, das auf sie herabfiel.

Tock, tock, tock.

„Lieber Gott, mach' das es aufhört. Ich kann alles ertragen, nur das nicht."

Tock, tock, tock.

„Stell' es ab. Die Fesseln, die Schmerzen will ich ertragen."

Tock, tock, tock.

„Stell' es ab. Bitte erbarme Dich unser."

Tock, tock, tock.

„Nein? Dann, lass uns sterben."

Wie als Strafe für diesen sündigen Gedanken durchfuhr ihren Körper ein stechender Schmerz. Sie krümmte sich zusammen, die Fesseln schnitten tief in ihre Haut. Langsam klang der Schmerz ab. Doch sie wusste, er würde wieder kommen. Die Wehen hatten eingesetzt.

Thorben Harth

„Jenny, was hast du getan?"

Thorben stand am Fuß der Treppe und starrte hinauf zu seiner Frau. Die betrachtete ihre Hände. Schien erstaunt über den Anblick zu sein. Langsam hob sie ihren Blick, schaute in seine Richtung und doch durch ihn hindurch. Fast, als wäre sie in Trance. Von einem auf den anderen Augenblick sackte sie bewusstlos zu Boden.

Thorben wollte, einem ersten Impuls folgend, die Treppe hinauf laufen. Aber die Skrupel, über den reglos am Boden liegenden Heinrich Holzer zu steigen, überwogen. Paul tastete nach dem Puls des Gestürzten. Er ließ sich Zeit, dann schüttelte er resigniert den Kopf. Schlagartig wurde Thorben die Tragweite des Geschehens klar. Er geriet ins Schwanken, stützte sich am Geländer ab. Unbemerkt war Paul neben ihn getreten, griff intuitiv nach Thorbens Arm. Schweigend blickten sich die beiden Freunde an.

Mit einem Ruck löste sich Thorben, ging die Treppe hinauf und trug Jenny ins Gästezimmer. In den Jahren als Polizist hatte er viel gesehen und erlebt. Bisher war es ihm gelungen, eine gesunde Distanz zu den Geschehnissen zu wahren, seinen Job zu erledigen. Abgebrüht war er deshalb noch lange nicht. Der sinnlose Tod von Heinrich Holzer erschütterte ihn. Thorben hörte Paul telefonieren. Er würde sich darum kümmern, dass ein Krankenwagen kam und vor allem die Fahndung nach Marc in Gang gesetzt wurde.

Mit einem feuchten Handtuch und leichten Schlägen auf die Wangen weckte Thorben seine Frau auf. Ihre Augenlider flattern. Es dauerte einen Moment, bis sie sich wieder im Griff hatte. Sie wich Thorbens Blick aus. Drückte sich in die hinterste Ecke des Bettes.

„Jenny, wo sind Christina und Marc?" Seine Stimme klang kalt und unerbittlich. Jenny zuckte nur die Schultern.

„Verdammt, Christinas Leben hängt davon ab, wie schnell wir sie finden."

Jenny schaukelte leicht hin und her, ohne ihn weiter zu beachten.

„Wo wolltest du dich mit Marc treffen?" Wieder keine Antwort.

„Wohin wolltet ihr flüchten?" Mit der geballten Faust schlug er aufs Bett, um seinen Fragen Nachdruck zur verleihen.

„Glaubst du, Marc wartet auf dich? Der hat sich längst abgesetzt – ohne Geld und ohne dich."

Jenny warf ihm einen kurzen, unsicheren Blick zu, dann schaukelte sie weiter.

Vor wenigen Stunden hätte Thorben sein Leben als normal und glücklich bezeichnet. Zwei gesunde Kinder, eine attraktive Frau, ein fast abbezahltes Einfamilienhaus und sein krisensicherer Job. Jetzt wusste er, seine Frau hatte ihn mit seinem besten Freund betrogen. Für ihn war das unbegreiflich, nicht nachvollziehbar. Heftig griff er Jenny am Oberarm und zog sie grob vom Bett. Sie schrie vor Schmerz auf.

„Gib mir endlich Antwort. Sonst, bei Gott, schlage ich dich grün und blau."

„Das darfst du nicht", Jenny versuchte, sich zu befreien, „du bist Polizist."

Thorben stieß sie zurück aufs Bett.

„Ja, das bin ich. Warum, glaubst du, bin ich alleine hier? Ein Wort von mir und Paul wird bezeugen, dass du gestürzt bist und dich dabei verletzt hast."

Mit diesen Worten hob er seinen rechten Arm und baute sich bedrohlich vor ihr auf.

Jenny, die ihn nun direkt anblickte, sagte mit leiser, klarer Stimme: „Das wagst du nicht."

Thorben ballte wütend seine Hände zu Fäusten. Stand einen Moment ruhig da. Dann senkte er seinen Arm. Sie hatte Recht, er würde nicht zuschlagen.

Resigniert drehte Thorben sich um und ging langsam zur Tür.

„Liebst du sie?"

Mit der Klinke in der Hand verharrte er in der Bewegung. Er spürte ihre Blicke. Einen Moment zögerte er und nickte dann.

„Ich habe mich oft gefragt, ob das Schicksal uns einen Streich spielen wollte. Christina, Marc, du und ich, wir waren eine richtig nette Clique. Wir hatten immer viel Spaß miteinander. Mit unseren unterschiedlichen Interessen ergänzten wir uns. Christina und Marc kennen sich mit Zahlen aus. Ich war so froh, dass sie sich um unsere Steuererklärung kümmerten und die ganzen Anträge fürs Haus. Da wären wir beide nicht so leicht durchgestiegen. Und du bist handwerklich geschickt. Das Regal in Christinas Arbeitszimmer sieht klasse aus, wie vom Fachmann. Naja, und ich beriet euch in Mode- und Einrichtungsfragen." Jenny rutschte etwas von der Wand weg und strich ihren Pullover glatt.

„Wenn Marc sich damals für mich entschieden hätte, dann wäre Christina für dich frei gewesen. Warum hast du nicht um sie gekämpft? Ich hatte mir das so gewünscht. Die verliebten Blicke, die ihr euch in der Silvesternacht zugeworfen habt, sprachen Bände. Nur Augen für einander. Marc ist fast ausgeflippt, als er euch gesehen hat. Sein Vater hat ihn kaputt gemacht, sein Leben zerstört."

Thorben konnte den Gedankengängen seiner Frau kaum folgen. Ihm rannte die Zeit davon. Christina war vielleicht in Lebensgefahr und Jenny philosophierte übers Leben. Das Leben, das sie zerstört hatte. Er mochte gar nicht darüber nachdenken, was zwischen ihr und Marc gelaufen war. Nur aus alter Freundschaft half man nicht bei einer Entführung.

„Marc glaubt, ohne Geld nicht glücklich werden zu können. Und was hat er nun davon? Wenn Marc mich nur ein kleines bisschen mehr geliebt hätte. Ein bisschen mehr, als er Geld liebt."

Jenny entfernte einen Fussel von ihrem Rock. Sie hing ihren Gedanken nach. Ihre Angst war verschwunden.

In der Hoffnung, dass sie ins Plaudern kommen würde, blieb Thorben reglos stehen.

Sie schwieg eine Weile.

„Ich wollte das nicht. Wenn du mir hilfst, sage ich dir, wo Christian versteckt ist."

Jenny gab sich einen Ruck und setzte nach: „Immerhin bin ich die Mutter deiner Kinder."

Thorben, der mit dem Rücken zu ihr stand, ließ mit einer Antwort auf sich warten. Vielleicht könnte er Jenny geschickt in die Irre führen. Schließlich musste er erfahren, wo Christina war. Im Gegenzug dazu würde er ihr seine Hilfe anbieten, in dem er ihr versprach, strafmildernde Umstände beim Staatsanwalt geltend zu machen.

Mit diesen Gedanken bekam Thorben seine Gefühle unter Kontrolle. Als er sich Jenny zuwandte, war er nicht mehr der betrogene Ehemann, sondern der routinierte Polizeibeamte.

„Natürlich wird sich deine Aussage positiv auswirken. Ich bin mir sicher, dass es Marcs Idee war. Er hat dich ausgenutzt. Es gibt keinen Grund, die ganze Schuld zu übernehmen."

Wieder herrschte Schweigen. Thorben unterdrückte den Impuls, auf seine Ehefrau einzureden. Seine Haut kribbelte, als würden Ameisen darüber laufen. Jede Minute zählte, jede Sekunde. Aus dem Erdgeschoß hörte er Stimmen. Paul koordinierte die eingetroffenen Kollegen.

Plötzlich erinnerte sich Thorben an ein Gespräch mit Paul, das viele Jahre zurück lag und doch war es präsent, als würde Paul in diesem Augenblick zu ihm sprechen: ‚Du musst dich in den Täter hinein versetzen. Die Menschen neigen dazu, kompliziert zu denken, um ihr Handeln zu vertuschen. Dabei enden sie nach langen Überlegungen wieder beim Nächstliegenden. Wenn du die Gründe für das Handeln eines Täters verstehen willst, stell dir die Fragen und die erste Antwort, die dir einfällt, ist die richtige'.

Sie hatten lange darüber diskutiert. Thorben wollte dem damals keinen Glauben schenken, sonst wären ja sämtliche Verbrechen mit Leichtigkeit aufzuklären. Doch Paul erwiderte lapidar: ‚Unterschätze nicht, wie schwierig es ist, sich in einen anderen Menschen hineinzuversetzen'.

Als Thorben Jenny betrachtete, wurde ihm klar, wie wenig er sie kannte. Der bittere Geschmack dieser Einsicht lag schwer auf seiner Zunge. Er hatte nicht den Hauch einer Ahnung gehabt. Nach der Hochzeit von Christina und Marc waren sie nur noch selten zu viert ausgegangen. Zu den Geburtstagsfeiern und Grillabenden brachte Thorben seine gerade aktuelle Freundin mit. Meistens wechselten diese von Mal zu Mal. Jenny sah er ab und zu in dem Club, in dem sie arbeitete. Nie auf den privaten Feiern. Dann erzählte Marc ihm, dass Christina Anstoß an Thorbens ständig wechselnden Begleiterinnen nahm und schlug vor, stattdessen Jenny mitzubringen. Thorben dachte sich nichts dabei. Er mochte Jenny, er verbrachte gerne seine Zeit mit ihr. Mehr aber nicht. Sie war nicht seine große Liebe, aber die Mutter seiner Kinder und das zählte für ihn mehr als Leidenschaft.

Thorben schob die düsteren Gedanken zur Seite. Bisher machte Jenny keine Anstalten, auf den Deal einzugehen. Sie saß im Bett und starrte vor sich hin. Tat sie sich schwer damit, ihren Liebhaber zu verraten? Wahrscheinlich hatte sie Recht, am meisten liebte Marc das Geld. Er versuchte sich in seinen Freund hineinzuversetzen. Jenny war eine ergebene Komplizin, sonst gab es niemanden, den er ins Vertrauen ziehen konnte. Also musste er Christina irgendwo hingebracht haben, wo sie unbewacht bleiben konnte. Thorben schloss die Augen und fragte sich, wo. „Das Wochenendhaus im Wald."

„Sie ist in der Waldhütte", sagte er laut zu Jenny. Ihr erschrockenes Gesicht war ihm Antwort genug. Er eilte die Treppe hinunter und schickte den nächstbesten Kollegen zur Bewachung ins Obergeschoss.

„Christina ist in einer Hütte im Wald", rief er Paul zu, der rauchend vor der Tür stand.

„Ich schick die Kollegen hin, wie ist die Adresse?"

„Es gibt keine Adresse, aber ich kenne den Weg. Der Rettungswagen soll hinter uns herfahren". Thorben eilte zum nächsten Streifenwagen. Der Kollege hatte den Wortwechsel mitbekommen und setzte sich ans Steuer. Mit Blaulicht fuhren sie los.

Zwanzig Minuten später erreichten sie ihr Ziel. Die Tür zur Hütte war nicht verschlossen. Die Schreie, die sie empfingen, bohrten sich in Thorbens Ohren, beschleunigten seinen Herzschlag. Trotzdem war er erleichtert: „Sie lebt."

Der Anblick, der sich ihm in dem kleinen Raum bot, ließ ihn kurz erstarren. Christina lag gefesselt auf dem Bett und krümmte sich vor Schmerzen. Blut sickerte aus den wundgescheuerten Hand- und Fußgelenken. Als die Wehe abklang, bemerkte Christina ihn. Ein mattes Lächeln erschien auf ihren Lippen, dann krampfte sich ihr Körper erneut zusammen. Thorben eilte zu ihr, hielt ihren Kopf mit einer Hand, mit der anderen schloss er die Handschellen auf. Sofort klammerte sie sich an ihn, schluchzte laut auf. Der Notarzt und die Sanitäter stürmten herein. Thorbens Kollege befreite Christina von den Fußfesseln. Mit beruhigenden Worten redete Thorben auf sie ein, wiegte sie sanft. Doch schon folgte die nächste Wehe.

„Wir haben keine Zeit mehr", wandte sich der Arzt an Thorben. „Wir müssen das Kind jetzt holen. Es steckt im Geburtskanal fest. Keine Herztöne."

Thorben nickte und streichelte Christina sanft über die Wange.

„Wir schaffen das", sprach er ihr Mut zu.

Ihr Blick glich dem eines verwundeten Tieres. Die nächsten Minuten erlebte er wie in Trance. Er befolgte die Anweisungen des Arztes, versuchte alle anderen Geräusche auszublenden. Nach der letzten Wehe verlor Christina das Bewusstsein. Thorben drehte sich um und sein Blick fiel auf das Neugeborene. Der Körper war blau angelaufen und lag leblos in den Händen des Notarztes. Nach einer gründlichen Untersuchung übergab er den Säugling einem Sanitäter, der den Körper in eine Decke gehüllt nach draußen brachte.

„Wir bringen Frau Holzer jetzt ins Krankenhaus", entschied der Arzt und unterbrach damit die unheilvolle Stille.

„Und das Kind?", fragte Thorben voller Hoffnung.

Das Kopfschütteln des Arztes sagte alles.

Am späten Abend saß Thorben mit einer Flasche Rotwein am Küchentisch. Es hatte lange gedauert, bis die Zwillinge endlich im Bett lagen. Immer wieder fragten sie nach ihrer Mama. Obwohl Thorben sie oft ins Bett brachte, schienen sie zu spüren, dass etwas nicht stimmte. Vor weniger als fünfzehn Stunden war seine Welt noch in Ordnung gewesen. Jetzt stand er als alleinerziehender Vater vor der Aufgabe, Beruf und Kinder unter einen Hut zu bekommen. Neben der Ehefrau hatte er seinen besten Freund verloren. Und Christina. Er konnte sich nicht vorstellen, wie ihre Freundschaft weiter bestehen sollte. Die Zwillinge würden sie an ihren Verlust erinnern und Jenny hatte neben dem Verhältnis mit Marc auch noch Christinas Vater ermordet. Von Paul wusste er, dass der Bericht entsprechend geschrieben worden war.

In einem Zug trank er sein Glas leer und schenkte nach. Er dachte an Christina. Gerne wäre er zu ihr gefahren, aber ohne Babysitter war er ans Haus gebunden und heute Abend wollte er keine langen Erklärungen abgeben. „Christina steht jetzt alleine da", dachte er sorgenvoll. Er beschloss, sie in den nächsten Tagen im Krankenhaus zu besuchen oder wenigstens anzurufen. Wenn sie keinen Kontakt mit ihm wünschte, sollte sie es ihm sagen. „Freiwillig darauf verzichten, kommt nicht in Frage. Vielleicht können wir wenigstens unsere Freundschaft retten, sonst ist uns nicht mehr viel geblieben."

Christina Holzer

Mit stumpfen Augen starrte Christina ins Leere. „Ich bin im Krankenhaus." Die Bettdecke bis zum Hals hochgezogen, lag sie auf dem Rücken und schwitzte. Konnte die Kraft nicht aufbringen, sich abzudecken. Im Halbstundentakt kam eine der Schwestern herein, um nach ihr zu sehen. Jedes Mal schloss sie schnell die Augen, um deren aufmunterndem Lächeln zu entgehen.

Die Gedanken kamen und gingen, ohne dass sie diese berührten. Ihr Vater war bei einem Treppensturz ums Leben gekommen. Marc war auf der Flucht und Jenny saß in Untersuchungshaft. Wie Handpuppen beim Kasperletheater erschienen die Gedanken, warben um Aufmerksamkeit, und verschwanden wieder. Christina starrte sie nur an und weigerte sich, von ihnen Kenntnis zu nehmen. Ein einziger Gedanke ließ ihren Magen krampfen und der pochende Kopfschmerz erhöhte seine Frequenz – der Gedanke an ihr Kind. Das Kind, das nie einen ersten Atemzug tun würde.

Christina fühlte sich schuldig. Sie hatte das Kind nicht gewollt. War es doch der Grund, warum sie Marc nicht verlassen konnte. Er war egoistisch und materialistisch. Charaktereigenschaften, die sie aus tiefstem Herzen ablehnte. Schlussendlich hatte ihr Vater mit seiner Einschätzung recht gehabt. Er nannte Marc einen ‚Gerne groß, der sich nach den Früchten außer Reichweite sehnt'.

Im Augenblick wollte sie daran nicht denken. Auch nicht daran, dass sie dem hätte entgehen können. Wenn sie in jener Silvesternacht ihren Gefühlen nachgegeben hätte, wäre ihr diese unglückliche Ehe erspart geblieben. „Mit etwas mehr Mut hätte ich Marc für Thorben verlassen können." Dieser Gedanke kam einer Dauerschleife gleich, wieder und wieder rollte er durch ihr Bewusstsein. Zu oft ging ihr die erste Begegnung mit Thorben durch den Kopf. Ihr gefiel es, wie er sich um seine Zwillinge sorgte. Marc als windelwechselnder Vater? Diese Vorstellungskraft brachte sie nicht auf.

Wieder öffnete sich die Tür. Diesmal konnte sie nicht schnell genug die Augen schließen.

„Schön, dass Sie wach sind. Sie haben Besuch."

Hinter der Krankenschwester stand Frau Anselm, die Sekretärin ihres Vaters. Christina nickte ihr zu und richtete sich vorsichtig auf. Sofort kam die Krankenschwester zu ihr und fuhr das Kopfteil des Bettes nach oben.

„Aber nicht so lange, Frau Holzer braucht Ruhe."

Frau Anselm wartete, bis sich die Zimmertür hinter der Krankenschwester schloss.

„Mein aufrichtiges Beileid."

Christina brachte nur ein Nicken zustande.

„Ich soll Grüße von der ganzen Belegschaft ausrichten und gute Besserung."

Dann entstand eine Pause. Unschlüssig stand die Sekretärin am Bett, bevor sie sich einen Stuhl herbeiholte und am Fußende Platz nahm. Ihr Blick ruhte auf ihren im Schoß gefalteten Händen.

„Frau Holzer", fasste sie dann allen Mut zusammen, „die Kellerei ist im Moment handlungsunfähig. Herr Schmidt hat zwar Prokura, aber Sie wissen ja, wie entscheidungsfreudig er ist."

Kurz sah Frau Anselm sie mit einem schiefen Lächeln an. Bei dem Gedanken an den Buchhalter lächelte Christina ebenfalls. Er tat sich schon schwer, ohne ausdrücklichen Wunsch ihres Vaters Büroklammern zu bestellen. Und nun war Vater tot.

„Frau Holzer, wir sind alle mit unseren Gedanken bei Ihnen. Doch wir bangen auch um unsere Zukunft. Wie wird es weitergehen?"

Erschrocken über ihre eigenen Worte schaute die Sekretärin kurz von ihren Händen auf, um Christinas Reaktion zu sehen.

„Ich möchte Sie nicht drängen. Aber die Telefone stehen nicht still. Die Winzer, die Kunden, alle wollen Infos. Ganz zu schweigen von den Mitarbeitern."

„Wir machen weiter wie gehabt", sagte Christina mit fester Stimme.

„Ich gehe davon aus, dass ich die Alleinerbin bin. Vorerst werden Sie einen neuen Marketingleiter suchen müssen. Ich werde die Aufgaben meines Vaters übernehmen und wir brauchen eine neue Chefsekretärin."

Erschrocken blickte Frau Anselm sie an. Christina sprach mit einem kleinen Lächeln weiter.

„Ich möchte Sie zu meiner persönlichen Assistentin machen."

Mit großen Augen und einem Nicken quittierte Frau Anselm die Beförderung.

„Kommen Sie zwei Mal täglich her, um mir Bericht zu erstatten. Wahrscheinlich darf ich Ende der Woche nach Hause, ich kann am Montag wieder arbeiten kommen. Könnten Sie bitte die Beerdigung organisieren?"

Sie beredeten weitere Dinge, dann ging Frau Anselm. Erschöpft ließ sich Christina in das Kissen fallen. Der dumpfe Schmerz in ihrem Unterleib nahm ihr den Atem. Sie versuchte, sich zu entspannen, dann spürte sie, wie sich ein Schwall Blut seinen Weg bahnte, die Einlage durchweichte und das Bett einnässte. Ihr war zum Heulen. Sie brauchte ihre ganze Kraft, konnte nicht untätig hier rumliegen. Mit geschlossenen Augen versuchte sie, sich in den Griff zu bekommen und drückte den Rufknopf für die Schwester.

Der Gedanke an ihre Zukunft tröstete sie. Endlich würde sie zeigen, dass sie die Kellerei leiten konnte. Kein Vater, der ihre Entscheidungen missbilligen würde, kein Mann, der sie kleinredete und in die zweite Reihe drängte. Sie lieber als treu sorgende Hausfrau und Mutter sah. „Und kein Kind?", meldete sich eine leise Stimme. „Um welchen Preis hast du dir dein Glück erkauft? Nein, nicht erkauft", dachte Christina, „ich wollte das alles nicht. Jetzt muss ich das Beste daraus machen." Die Stimme wollte noch etwas entgegnen, doch Christina verdrängte sie. Als die Schwester zur Tür herein kam, richtete sie sich entschlossen auf und kämpfte gegen den aufkommenden Schwindel. Langsam schob sie die Beine aus dem Bett und setzte sich vorsichtig auf die Kante. Ihr Blick fiel auf den Blutfleck auf dem Bettlacken. „Teuer erkauft", rief die Stimme in ihrem Kopf.

Mit feierlicher Miene erhob der Pfarrer seine Stimme: „Wir haben uns heute hier zusammengefunden, um einem geschätzten Mitglied unserer Gemeinde..."

„War er das?", schoss es Christina durch den Kopf.

„...das letzte Geleit zu geben."

Die Dornen der Rosen drückten sich durch die Handschuhe und stachen in ihre verkrampften Hände. Doch was war dieser Schmerz gegen die schrecklichen Ereignisse der letzten Tage.

„Er wurde plötzlich und völlig unerwartet aus unserer Mitte gerissen. Ermordet aus Habgier."

Christina lauschte auf die Vögel, die unbeirrt in den Wipfeln der dunklen Tannen zwitscherten.

„Da, das ist eine Amsel – oder ein Sperling?" Christina ließ sich gern ablenken. „Vater hätte es gewusst."

„Er hinterlässt eine große Lücke in unserer Gemeinde".

„Ja, für andere war er immer da. Der Wohltäter, alles Gute, was man mit Geld tun kann, hat er getan. Aber nie ohne einen Vorteil daraus zu ziehen."

„Er hinterlässt auch seine geliebte Tochter Christina...."

„Geliebt?" Christina konnte nur mit Widerwillen den Worten des Pfarrers zuhören.

„... wir wollen im stillen Gebet Seiner gedenken."

Langsam senkte Christina ihren Kopf, starrte auf das offene Grab und eine intensive Leere breitete sich in ihr aus. Sie hatte keine Worte zum Abschied, keine Worte des Dankes – nichts.

Mit halb geschlossenen Augen sah sie zu, wie der Sarg langsam ins Grab gelassen wurde. „Ob er gelitten hat?", fragte sich Christina. „Nicht so sehr wie ich. An einem Genickbruch stirbt man schnell. Ein Sturz aus dem ersten Stock lässt nicht viele letzte Gedanken zu. Ob er noch einmal an mich gedacht hat?" Zögernd trat sie an sein Grab. Dort unten stand noch ein Sarg, ein ganz kleiner. Halb verdeckt von dem anderen. Warum hatte der Pfarrer kein Wort über ihren Sohn verloren? War es deshalb, weil er bereits im Mutterleib gestorben war? Sie hatte den Eindruck, dass der Pfarrer ihn totschwieg, einfach totschwieg. Ja, das war es. Das brachte die Sache auf den Punkt. Ihr Sohn wurde totgeschwiegen. Doch ihr fehlte die Kraft, sich dagegen aufzulehnen.

Nacheinander warf Christina die drei roten Rosen und eine weiße ins Grab:

„Im Namen des Vaters und des Sohnes….".

Die roten Rosen bildeten einen stimmungsvollen Kontrast – blutrot auf schwarz lackiertem Sarg. Backararosen, die Lieblingssorte von Heinrich Holzer. Sein einziges wirkliches Hobby. Holzer, der Rosenliebhaber. Wie viel Zeit hatte er dafür geopfert? Jeden Sonntag, direkt nach dem Gottesdienst pflegte er seine Rosen. Manchmal sogar bei strömendem Regen unter einem großen schwarzen Schirm.

Die Zeit schien für Christina stillzustehen, eine Ewigkeit, bis die Kondolenzbekundungen vorbei waren. „Endlich allein", stand Christina am Grab. Es begann zu tröpfeln – Aprilwetter. Sie hob das Gesicht, spürte den Regen auf ihrer Haut. Tropfen liefen über die Wangen – Ersatz für ungeweinte Tränen. Im Trauergespräch hatte der Pfarrer sie nach kleinen Geschichten über ihren Vater gefragt. Hier überfiel sie die Erinnerung an einen sonnigen Sonntagvormittag.

Christina war vielleicht vier Jahre alt. An einem Sonntagmorgen fuhr sie mit ihrem Dreirad über die Terrasse. Ihr Vater ermahnte sie mehrmals, nicht zu schnell zu fahren. Aber sie wollte nicht hören. Immer schneller im Kreis, jeder Kreis etwas größer als der vorherige. Und dann fuhr sie mitten hinein: in einen Rosenbusch. Nein, nicht in einen, in den Rosenbusch. Vaters Sorgenkind. Der kalte Winter hatte ihm hart zugesetzt. Deswegen musste er viele Triebe, die abgefroren waren, beschneiden. Lange Zeit stand der Busch auf der Kippe, letztendlich überlebte er die Frostschäden. Der Rosenstrauch stand wieder in voller Blüte – bis zu diesem Morgen.

Christina schrie wie am Spieß, die Dornen hatten ihre Arme und Beine zerkratzt. Heinrich kam sofort angelaufen, zog sie und das Dreirad vorsichtig aus dem Busch, um den Schaden zu begutachten. Den Schaden am Rosenstock. Viele Knospen und Blüten waren abgebrochen. Ihr Vater kniete sich hin und schnitt alle beschädigten Stiele ab. Christina verstummte und beobachtete fasziniert, mit welcher Hingabe er den Rosenbusch bearbeitete. Es dauerte eine Weile, bis er mit seinem Werk fertig war. Von der Blütenpracht war nicht mehr viel übrig.

Dann stand er langsam auf, er war das lange Knien nicht gewohnt, drehte sich zu ihr um und blickte auf sie herab. Sie erwartete ein Donnerwetter. Mit dem Handrücken putzte sie ihre Nase und verschmierte Rotz, Tränen und Blut quer übers Gesicht.

„Es tut mir leid“, stammelte sie.

„Das ist nicht schlimm, der wird wieder. Jetzt verarzten wir dich und danach gibt es ein großes Eis als Trostpflaster.“

Er hob das Dreirad auf, nahm sie bei der Hand.

„Weißt du, Christina, du bist mir von allen die liebste Rose.“

Nach all den Jahren dachte Christina immer noch scherzhaft an diesen Sonntagmorgen. Nicht nur die Kratzer der Dornen hatten gebrannt, auch die Erkenntnis, dass ihrem Vater seine Rose wichtiger war als sie. Sie wollte die bösen Erinnerungen verdrängen. Aber der letzte Satz ihres Vaters ließ sie nicht los. 'Du bist mir die liebste Rose.' Was sollte das heißen? Wär sie dann nicht als erstes gekommen? Oder meinte er damit, dass er sie stets gut behandelte? Er hatte sie nie geschlagen, nicht einmal angeschrien. Obwohl sie ihm mehr als einmal Grund dafür gegeben hatte. Der Gedanke ließ sie nicht los, sie konnte ihn nicht richtig fassen. Vater liebte seine Rosen über alles. Die Pflege überließ er niemandem. Obwohl seine Freizeit knapp bemessen war.

Einmal hatte er gesagt, dass er die Zeit im Garten als Ausgleich brauche. Es würde ihn beruhigen und der Erfolg seiner Arbeit könne er an den üppig blühenden Rosen ablesen. Wie schlimm muss es ihn getroffen haben, dass sie ausgerechnet in diesen besonderen Rosenstock hineingefahren war? Christina erinnerte sich noch, dass sie bei jedem Klacken der Schere zusammengezuckt war.

Doch es hatte sie auch beruhigt zu sehen, wie ihre Zerstörung beseitigt wurde. Bald sah der Rosenstock so aus wie alle anderen, die nach der Blüte geschnitten wurden. Die Blüten legte Vater zur Seite und stellte sie später in eine Vase. Und sie bekam eine Riesenportion Eis. Ihre Arme waren mit unzähligen Pflastern bedeckt und Vater erlaubte ihr, Blumen darauf zu malen. Auf dem rechten Arm klappte es nicht besonders. Deshalb übernahm Heinrich das.

Christina wurde schwindlig. Warum erinnerte sie sich immer nur an die schlechten Seiten ihres Vaters? Er war Geschäftsmann, er trug die Verantwortung für seine Mitarbeiter. Er brauchte einen Ausgleich und da war ein Hobby im Garten besser, als sich mit Alkohol oder Tabletten zu betäuben. Zum ersten Mal erkannte sie, die wahre Bedeutung des Augenblicks. Vater wollte ihnen beiden Zeit zum Beruhigen geben, deshalb hatte er sich zuerst mit dem Stock befasst. Wenn er sie gleich gepackt hätte, um sie zu verarzten, hätte sie geschrien und gestrampelt, aus Angst vor einer Strafe. „Oh, Papa, wir haben uns das Zusammenleben echt schwer gemacht."

Der Regen war stärker geworden, vermischte sich mit den Tränen, die nun endlich kamen. Schweren Herzens drehte sich Christina um. Die Arbeiter standen etwas abseits, bereit, das Grab zu schließen. Mit klammen Fingern suchte sie nach einem Taschentuch, konnte keines finden. Ein plötzlicher Anfall von Schwäche überkam sie. Die Ärzte hatten sie nur widerwillig aus dem Krankenhaus entlassen, aber Christina war es satt, die Decke anzustarren. Es gab so viel zu tun, die Arbeit würde sie ablenken.

Fast hatte sie das schmiedeeiserne Tor des Friedhofs erreicht. Sie hob den Kopf, als sie eine Bewegung dahinter bemerkte. Zum größten Teil von der efeuberankten Mauer verdeckt stand Thorben und beobachtete sie. In seinen Armen hielt er Jana, die an seine Schulter gelehnt schlief. Janis, der daneben stand, starrte auf seine Schuhspitzen. Christinas Herz schlug schneller. Seit ihrer Befreiung hatte sie Thorben weder gesehen noch gesprochen.

Sie lächelte. „Ich habe euch eben gar nicht gesehen – am Grab." Sie hauchte ihm einen Kuss auf die Wange, darauf bedacht, Jana nicht zu wecken.

„Wir waren auch nicht dort. Ich war mir nicht sicher, ob wir willkommen sind."

Fragend zog Christina die Brauen hoch.

„Schließlich hat Jenny…, sie trägt die Schuld am Tod… Deshalb.."

Christina schüttelte den Kopf und legte eine Hand auf seine Schulter: „Aber dafür kannst du doch nichts."

Dann standen sie eine Weile schweigend vor dem Friedhof.

„Hast du dich deshalb nicht gemeldet?", fragte Christina.

„Hmm, ja. Ich wusste nicht, ob du mich und die Kinder sehen möchtest. Ich kann nicht erklären, was in Jenny gefahren ist. Ich war völlig ahnungslos. Aber ich könnte verstehen, wenn du mit meiner Familie nichts mehr zu tun haben willst. Schließlich ist meine Ehefrau schuld daran, dass du deine Familie verloren hast."

Bevor Christina antworten konnte, rief Janis: „Papa, ich möchte nach Hause."

In diesem Augenblick löste sich die Anspannung. Christina und Thorben sahen sich lächelnd an.

Christina strich Janis übers Haar: „Kommt doch mit zu mir. Ich habe noch Eiscreme und wir können unterwegs Kuchen kaufen."

„Ich möchte Schokoeis", meldete sich Jana hellwach.

Thorben fing Christinas Blick auf, die immer noch lächelnd neben ihm stand und Jana eine Haarsträhne aus dem Gesicht strich.

„Na, dann nehmen wir die Einladung gerne an."

Der Regen hatte aufgehört. Janis hüpfte fröhlich in jede noch so kleine Wasserpfütze. Sonnenstrahlen brachen sich in den fliegenden Tropfen, die funkelnd zum Boden fielen.

Teil 3

Februar 2013

Christina Holzer

„Das war die ganze Geschichte“, schließt Christina, sie reibt ihre müden Augen.

Sie blickt zum Fenster hinaus, vermeidet, Jana und Janis anzusehen. Am Stamm des Kastanienbaums flitzt ein Eichhörnchen hinunter. Dankbar für die Ablenkung versucht Christina, es aufmerksam zu beobachten. Es ist zu flink und sie verliert seine Spur hinter einem Laubhaufen, der vom Herbst übrig geblieben ist.

Janis räuspert sich.

„Dürfen wir jetzt Fragen stellen?“ Mehrmals hatten die Kinder angesetzt, sie zu unterbrechen, doch Christina bat um Geduld, sie wollte zuerst zu Ende erzählen.

„Ich würde jetzt gern zu eurem Vater zurückgehen. Schauen, wie es ihm geht und ich brauche Ruhe. Seid mir nicht böse.“

Bevor Janis antworten kann, stimmt Jana zu. „Dann fahren wir nach Hause, ich habe Hunger.“

Unverändert liegt Thorben im Krankenbett. In kindlicher Naivität hatte Christina gehofft, ihre bloße Abwesenheit würde alles zum Guten wenden. Mit einem tiefen Seufzer setzt sie sich enttäuscht auf den Besucherstuhl neben dem Bett. Den Kopf mit dem Arm auf der Lehne abgestützt, als wäre er zu schwer, um nur vom Hals getragen zu werden. Der beißende Geruch von kaltem Schweiß steigt ihr in die Nase. Das Erzählen hat sie nicht nur müde gemacht. Die Angst von damals ist ihr wieder gegenwärtig.

Tränen laufen über die Wangen zum Kinn. Bilden kleine Tropfen, die sich lösen und auf ihrem Rock dunkle Flecken hinterlassen. Christina ist froh, allein zu sein. Erschöpft legt sie den Kopf auf den Rand des Bettes. Ihre Stirn berührt leicht Thorbens Finger. Der Rhythmus ihres stummen Weinens lässt ihre Schultern leicht beben.

Mit einem Ruck richtet sich Christina auf. Sie muss eingeschlafen sein. Die Glieder sind steif, ihr Rücken schmerzt. Der letzte Kaffee hat einen bitteren Geschmack auf ihrer Zunge hinterlassen. Beim Aufstehen dehnt und streckt sie sich. „Durst, ich brauche etwas zu trinken." Die anwesende Krankenschwester schaut kurz auf, als sie abrupt das Zimmer verlässt.

Zurück an Thorbens Krankenbett spürt sie die Kühle der Wasserflasche in ihrer Hand. „Das tut gut." Jetzt fühlt sich Christina besser. Noch in der Cafeteria hat sie eine Diät Cola in kleinen Schlucken leer getrunken. Sie wechselt die eiskalte Flasche in die andere Hand und legt die freie Hand in den Nacken. Dabei betrachtet sie Thorbens Gesicht. Sein Teint ist blass, wirkt konturlos und eingefallen. „Oh, Thorben, bitte verlass mich nicht."

Ihr Flüstern übertönt kaum die Geräusche der medizinischen Geräte. Sanft nimmt Christina seine Hand und beginnt, sie zu streicheln.

„Ich habe den Kindern von der Entführung erzählt. Ich fühle mich jetzt besser. Viel früher hätten wir darüber sprechen sollen. Sie haben ein Recht darauf, die Wahrheit zu erfahren."

Konzentriert beobachtet sie sein Gesicht.

„Du hast die Wahrheit verdient, Thorben. Ich bin mir nicht sicher, ob es dir etwas bedeutet. Damals in dem Club, in der Silvesternacht, habe ich mich in dich verliebt, auf den ersten Blick. Noch bevor ich wusste, wer du bist. Natürlich habe ich mir das nicht erlaubt. Ich habe meine Gefühle ignoriert. In den Tagen nach meiner Entführung kam mir oft in den Sinn, wir wären füreinander bestimmt und ich hätte dem Schicksal ins Handwerk gepfuscht, nur deshalb wären diese schrecklichen Dinge passiert."

Sie schweigt eine Weile, als wolle sie ihm die Chance zu einer Erwiderung geben.

„Als ich dich dann damals vor dem Friedhof gesehen habe, wusste ich plötzlich, alles wird gut. Ich weiß, das hört sich seltsam an. Mein altes Leben hatte ich gerade erst begraben. Du und die Kinder habt mir ein neues gegeben. Für mich ward ihr nie Lückenbüßer. Ich habe dir das noch nie gesagt. Und ich weiß nicht, ob es für dich einen Unterschied macht, aber du bist die Erfüllung meines Lebens."

Christina schraubt die Wasserflasche auf und nimmt einen langen Schluck. Ihre Worte hallen in ihr nach und neue Gedanken bilden sich.

Mit einem Nicken beendet sie ihre Überlegungen.

„Ich möchte dich nicht verlieren. Die Angst habe ich nicht erst, seit du hier liegst. Mich quält die Sorge, Jenny könnte zurückkommen und ihren Platz einfordern. Kann sein, dass das unbegründet ist, doch ich muss diese Angst loswerden. Es gibt nur einen Weg, mich davon zu befreien: Ich werde mit Jenny reden."

Noch einmal nickt Christina. Abwartend bleibt sie noch kurz neben ihm am Bett. Wartet auf eine Antwort, die nicht kommt. Konzentriert sucht sie nach Formulierungen, um ihre Entscheidung zu begründen. Da betreten Jana und Janis das Zimmer.

Die Schleusentür hinter Christina schließt sich mit einem lauten Knall. Obwohl sich wenige Sekunden später die vordere Tür zu öffnen beginnt, spürt Christina ein beklemmendes Gefühl. Mit einem Mal verlässt sie der Mut. Sie sucht nach Antworten, ob sie diese hier finden wird? „Und was wird, wenn ich die Falschen erhalte?" Die, vor denen sie sich schon so lange fürchtet.

„Frau Holzer?" Der Beamte am Empfang sieht sie fragend an. Christina nickt bejahend.

„Legen Sie bitte alle persönlichen Gegenstände in diese Box. Es kommt gleich ein Kollege, der Sie in den Aufenthaltsraum bringt. Frau Harth erwartet Sie. Ihre Sachen bekommen Sie später zurück, hier ist Ihre Quittung."

Christina kann dem schnellen Schritt des Vollzugsbeamten kaum folgen. Ihre Beine sind schwer, am liebsten würde sie stehen bleiben oder direkt umkehren. Das flaue Gefühl im Magen wächst sich zur

Übelkeit aus. Schweißperlen bilden sich auf ihrer Stirn. Der Mann vor ihr öffnet eine Tür und bedeutet ihr, hineinzugehen. Stattdessen bleibt Christina wie angewurzelt stehen. Der Raum ist spärlich möbliert. Sechs Tische mit jeweils vier Stühlen sind großzügig verteilt. Die Fenster schmutzig ohne Gardinen, auch sonst keine Dinge, die den Raum freundlicher machen würden. Von alledem sieht Christina nichts. Starrt auf die Frau in der Ecke, die ihren Blick ebenso schweigend erwidert.

„Entschuldigung, Sie haben dreißig Minuten, die Zeit läuft", meldet sich der Beamte, der ihr noch immer die Tür aufhält.

Daraufhin geht Christina einige Schritte in den Raum. Die Tür fällt hinter ihr ins Schloss. „Gefangen", der Gedanke schleicht sich in Christinas Kopf. Wieder überkommt sie ein Gefühl der Beklemmung. Nie vorher hat sie das Geräusch einer zufallenden Tür als so endgültig empfunden. Noch immer taxieren sich die beiden Frauen. Dann fasst Christina allen Mut zusammen, ringt sich ein Lächeln ab und geht zu der wartenden Jenny. Die lächelt zurück und ergreift Christinas ausgestreckte Hand.

Einen Moment später sitzen sie sich in dem schmucklosen Raum gegenüber und finden keine Worte.

„Ich war erstaunt, dass du mich sehen willst, aber es freut mich natürlich", macht Jenny den Anfang.

Als Christina weiter schweigt, zuckt Jenny ängstlich zusammen.

„Es ist etwas passiert, deshalb bist du hier."

„Nein, äh, ja, es ist etwas passiert, aber deshalb bin ich nicht hier."

Christina ist überrascht. Sie dachte, Jenny wüsste über Thorbens Verletzung Bescheid. Notgedrungen erzählt sie Jenny davon.

Schnell verliert diese jedoch das Interesse an der Schilderung Christinas.

„Thorben ist zäh, der kommt schon wieder auf die Beine", kommentiert Jenny das Geschehene.

Verwirrt schaut Christina ihr Gegenüber an. Mit einer fahrigen Bewegung streicht diese eine blonde Haarsträhne aus dem Gesicht. Die Augen sind stark getuscht und schwarz umrahmt, die Lider in warmen Brauntönen geschminkt. Mit Befriedigung stellt Christina fest, dass sich auch in Jennys Gesicht Falten abzeichnen. Jene um den Mund verleihen ihr einen verbitterten Zug.

„Was willst du, Christina?", unterbricht Jenny ihre Gedankengänge. Dabei schaut sie zu der Uhr über der Tür. Christina ringt um die richtigen Worte.

Dann bricht es aus ihr heraus: „Ich habe den Kindern erzählt, dass du lebst."

Mit einem Nicken nimmt Jenny das zur Kenntnis.

„Ich habe keine Ahnung, warum Thorben ihnen nie die Wahrheit erzählt hat. Schließlich sind sie seit fast einem Jahr volljährig." Einen Moment hält Christina inne, um der anderen die Chance für einen Kommentar zu geben. Jenny sitzt schweigend da.

„Er sagte, er habe eine klare Abmachung mit dir." Christina versucht, Jennys Blick einzufangen, die scheinbar desinteressiert aus dem Fenster schaut.

„Janis möchte dich gerne kennenlernen, Jana ist noch unsicher, aber sie lehnt es nicht komplett ab." Wieder macht Christina eine Pause, sie kann die Reaktion ihrer früheren Freundin nicht verstehen.

„Jenny, freust du dich nicht?" Christina beugt sich weiter nach rechts, um ins Blickfeld der anderen zu gelangen.

Mit funkelnden Augen dreht diese sich um: „Was soll das? Hat Thorben dir den Auftrag erteilt, mich statt seiner zu quälen?", schreit Jenny und haut mit der flachen Hand auf den Tisch.

Augenblicklich öffnen sich beide Türen.

„Alles in Ordnung?", fragt eine Beamtin vom hinteren Ende des Raums.

„Ja, ich bringe schlechte Nachrichten", beruhigt Christina.

„Reiß dich zusammen, Jenny“, warnt der Beamte, der Christina hereingelassen hat. Dann sind sie wieder allein.

In Jennys Augen schimmern Tränen.

Christina wartet einen Moment, bevor sie fortfährt.

„Ich habe keine Ahnung, was zwischen dir und Thorben läuft. Ich habe kein Interesse daran, dir wehzutun.“

„Du musst mich hassen.“

Christina lässt sich Zeit mit einer Antwort. Es fällt ihr schwer, ihre Gefühle in Worte zu fassen. Wie kann sie jemanden verstehen, der nur den Verlust sieht, aber nicht erkennt, dass dadurch ihre geheimen Wünsche in Erfüllung gingen?

„Weißt du, Thorben hat mir nie verziehen. Wobei ich mir nicht sicher bin, ob es daran liegt, dass ich ihn mit seinem besten Freund betrogen haben oder weil wir nicht reinen Tisch gemacht haben. Dann hätte er dich, seine geliebte Christina, früher für sich haben können.“

Christina will etwas erwidern, doch Jenny hebt die Hand und fährt fort.

„Ich fühle mich hier wohl. Das klingt seltsam, ja. Aber so ist es.“ Sie schiebt das Kinn leicht nach vorn und vermeidet, Christina anzuschauen.

„Im Knast gibt es klare Hierarchien und als verurteilte Mörderin stehe ich weit oben. Ich habe mich mit den richtigen Leuten angefreundet. Lügen und Betrügen wird bestraft. Entweder du folgst den Regeln oder du gehst unter.“

Christina betrachtet Jennys perfekt manikürten Fingernägel. Sie hat sich oft gefragt, wie Jenny es schaffte, die Zwillinge zu wickeln ohne, anschließend den Windelinhalt unter den Nägeln zu haben. Sie schaut auf und folgt Jennys Blick hinaus aus dem Fenster.

Der wolkenverhangene Himmel hindert die Sonne daran, Licht in den Besucherraum fallen zu lassen. „Bald wird es regnen oder schneien.“ Christina versucht, sich an die Fragen zu erinnern, die sie

Jenny stellen wollte. Stattdessen lässt sie sich von einem neuen Gedanken ablenken: „Jenny ist hier glücklich. Zumindest zufrieden, sie hat ihren Platz im Leben gefunden."

Als hätte sie ihre Gedanken gehört, meint Jenny: „Sag' den Kindern, dass ich sie nicht sehen will."

Ohne ein weiteres Wort steht sie auf und geht.

Festgewurzelt bleibt Christina sitzen und schaut ihrer früheren Freundin hinterher. Wieder überschlagen sich ihre Gedanken. „Stimmt, Jenny hat dir die Familie genommen. Zum Ausgleich dafür gab sie Thorben und die Zwillinge frei. Das ist ihre Buße", erkennt Christina. „Hier lebt Jenny in einer überschaubaren Welt, sie folgt den Regeln, ist angepasst. Sie braucht jemanden, der ihr sagt, wo es lang geht. Diese Rolle füllte Marc perfekt aus, im Gegensatz zu Thorben." Das Schicksal führte die Vier zusammen. „Im Grunde hätten wir zwei harmonische Paare abgegeben. Aber jeder von uns hat falschen Entscheidungen getroffen, die uns zum Verhängnis wurden."

Ein Räuspern unterbricht Christinas inneren Monolog. An der Tür wartet der Vollzugsbeamte. Schweigend nickt sie ihm zu, erhebt sich und folgt ihm zum Ausgang.

Im Auto zieht sie ihr Smartphone aus der Tasche und öffnet die Bildergalerie. Leise lächelnd über ihre frühere Abwehr diesen modernen Geräten gegenüber, erinnert sie sich daran, wie sie über den Jahreswechsel in den Schwarzwald gefahren waren.

Während der ganzen Fahrt beschäftigte sie sich mit ihrem Smartphone. Zunächst, weil sie Thorben zeigen wollte, dass ihr sein Geschenk gefiel. Die Kinder hatten ihr das passende Software-Handbuch dazu geschenkt und ihr einige Apps heruntergeladen. Unter anderem eine Wetter-App. Irgendwann meinte sie:

„Oh, im Schwarzwald schneit es."

Worauf Thorben trocken meinte: „Ja, schon circa eine Viertelstunde. Wir sind gleich da und das Hotel hat übrigens kostenloses WLAN in den Zimmern."

Christina genießt die aufsteigende wohlige Wärme, während sie die Bilder betrachtet. Ihre Familie. Sie wird alles tun, um mit ihnen ein glückliches Leben zu führen. Bevor sie das Smartphone in ihre Tasche packt, liest sie die empfangene Nachricht von Jana.

„Wo bist du"

Christina antwortet schnell und will losfahren, als jemand an die Beifahrerscheibe klopft. Die Vollzugsbeamtin von eben, jetzt in Zivil, blickt herein. Christina öffnet die Scheibe.

„Ja? Habe ich etwas vergessen?"

„Hallo Christina", die Frau grinst sie an. Da erst erkennt Christina ihre frühere Bekannte aus einem Yogakurs.

„Mensch, Anita. In der Uniform habe ich dich gar nicht erkannt."

„Na, das habe ich gemerkt. Hast du einen Moment?"

„Klar, steig ein. Soll ich dich irgendwo absetzen?"

„Nein, ich bin selbst mit dem Auto da. Ich wusste gar nicht, dass du Jenny Harth kennst", beginnt Anita.

Christina mag deren offene und liebenswerte Art. Im Moment würde sie allerdings lieber ins Krankenhaus zurückfahren. Bevor ihr eine geeignete Formulierung einfällt, ohne Anita vor den Kopf zu stoßen, spricht diese weiter.

„Kennst du auch ihren Bruder?"

„Bruder? Soweit ich weiß, hat Jenny keine Geschwister."

„Ach, ja?" Anita scheint mit sich zu ringen. „Wir dürfen eigentlich nicht über Interna sprechen. Aber mir tut Jenny leid, sie ist seit einiger Zeit niedergeschlagen und dein Besuch heute – darüber hat sie sich gefreut."

„Wirklich? Wir waren Freundinnen, aber der Kontakt ist abgebrochen, seit sie im Gefängnis sitzt. Worum geht es?"

„Jenny bekam bis November letzten Jahres regelmäßig Briefe, angeblich von ihrem Bruder."

„Wie lang ging das?" Christina kann sich das nicht erklären.

„Etwa zehn Jahre. Ich war neu hier, deshalb erinnere ich mich gut daran. Eine Frau wollte Jenny sprechen, aber sie wollte nicht, da sie sie nicht kannte. Ich konnte das nicht verstehen, da ich damals noch davon ausging, man müsse als Insasse dankbar für jeden Kontakt zur Außenwelt sein. Später hat sie erzählt, ihr Bruder habe sie endlich gefunden und sie hat mir den Brief gezeigt. Danach kamen regelmäßig Weitere."

„Wo sind die denn aufgegeben worden?", fragt Christina neugierig.

„Hier, also in Deutschland. Immer an einem Flughafen oder in der Nähe davon", Anita lächelte.

„Die Briefe waren sehr schlüpfrig. Es wurden keine Orte genannt, aber sie enthielten Beschreibungen der Umgebung, deshalb denke ich, irgendwo in der Karibik oder Südsee. Wir müssen alle Briefe lesen, bevor wir sie weitergeben. Bei denen wollten alle einen Blick drauf werfen. Auch die anderen Insassinnen waren versessen darauf. Der Mann hat Talent und viele Frauengeschichten. Er hat ausführlich über seine Eroberungen geschrieben. Wahrscheinlich haben die Frauen dann die Briefe aufgegeben."

„Und seit drei Monaten kommen keine mehr."

„Nein, ich vermute, ihm ist etwas zugestoßen. Normal kam jeden Monat mindestens ein Brief. Frau Harth hat sich immer darauf gefreut. Ich dachte, du wüsstest vielleicht etwas."

„Nein, ich kann dir leider nicht weiterhelfen. Aber ich kann gerne Thorben fragen, der kennt Jenny schon länger", bietet Christina an.

Anita starrt sie verwundert an: „Thorben? Dein Thorben ist Jennys Ehemann?"

„Ja", bestätigt Christina kurz, da sie keine Lust verspürt, weitere Erklärungen abzugeben.

„Dann bitte nicht, er ist doch bei der Polizei. Das ist ja auch alles nicht so wichtig.“ Anita verabschiedet sich und steigt aus.

Christina schüttelt ungläubig den Kopf. „Nur Marc kann der Absender der Briefe sein. Das passt zu ihm, sein tolles unbeschwertes Leben seiner Komplizin ausführlich zu beschreiben, während sie für die gemeinsame Tat im Gefängnis sitzt.“ Andererseits hat Jenny offensichtlich daran Gefallen gefunden, weshalb sollte sie sich also darüber aufregen.

Christina startet den Wagen, sie fühlt sich wolkenleicht. Zwar hat sie ihre Fragen nicht stellen können, doch mehr als Worte überzeugte sie Jennys Verhalten, dass sie tatsächlich keinerlei Interesse mehr an ihrer Familie hat. Sie schaltet den Scheibenwischer ein, der mit wenigen Bewegungen die feinen Tropfen von der Scheibe wischt. Als würden die Gummilippen ihre letzten Zweifel entfernen, fährt sie voller Zuversicht zurück ins Krankenhaus.

Jenny Harth

Nur noch ein kleines Stück. Anita, die Aufseherin, plaudert fröhlich mit ihr. Glaubt, dass Christina eine alte Freundin ist, die sie mit ihrem Besuch erfreuen wollte. Aber so ist es nicht. Sie waren nie Freundinnen. Oder doch? Neben Marc waren immer alle anderen Menschen blass geblieben. Seine Aura überstrahlte alles.

Jenny kann sich kaum daran erinnern, wann das begann. Ihre Freundinnen und sie hatten für den dunkelhaarigen Jungen mit den warmen braunen Augen in der Klasse über ihnen geschwärmt. Er war unerreichbar. Anführer einer Clique, die In-Clique schlechthin. Alle aus gut situierten Familien. Damit war für Marc Schluss, als sein Vater die Familie verließ, zu einer Jüngeren zog und noch mal Vater wurde. Marc war plötzlich das Familienoberhaupt, mit zwei Schwestern und einer labilen Mutter. Kein Geld für schicke Sachen. Der Vater zahlte nur das Nötigste und die Mutter gab es für Firlefanz aus.

Jenny wurde Marcs Fels in der Brandung. Bei ihr heulte er sich aus. Konnte der Teenager sein, der er war. Doch dann veränderte sich Marc. Verbannte Freundschaft und Liebe aus seinem Leben, als wären sie verschwunden wie der Vater. Einzig Geld interessierte ihn noch, als wäre das der Sinn des Lebens. „Wer braucht schon Liebe, wenn er reich ist“, war sein Motto.

Marc entwickelte einen Lebensplan, in dem für Jenny kein Platz mehr war. Loslassen konnte sie ihn trotzdem nicht. Manchmal hasste sie ihn dafür. Doch der Hass nährte ihre Liebe. Jede Begegnung mit Marc wurde zur genüsslichen Qual, sie war Freundin, Geliebte und doch nur geduldet. Welch ein Schock, als er plötzlich mit Christina auftauchte und sie sogar heiratete. Dann landete sie in dieser unsäglichen Nacht mit Thorben im Bett. Wurde schwanger und pflichtbewusst, wie er eben war, kam nur eine Ehe für ihn infrage.

Er ahnte ja nicht, dass sie Marcs Geliebte war. Die Schwangerschaft war eine Tortur. Jenny schwankte ständig zwischen der Hoffnung, dass es Marcs Kind war, das sie trug und sie ihn damit endlich für sich gewinnen würde und dem Wissen, dass er sich niemals von Christina trennen würde. Dazu die permanente Angst, was geschehen würde, wenn sich herausstellte, dass die Zwillinge nicht von Thorben waren. Doch zumindest die Ähnlichkeit der Babys mit Thorben nahm ihr diesen Zweifel, wenn diese Erkenntnis sie auch zutiefst enttäuschte. Eine Angst erübrigte sich zudem, denn Marc hielt ihr Verhältnis aufrecht, obwohl es schwieriger war, sich zu treffen. Ohne Marc wäre sie vielleicht mit Thorben und den Kindern glücklich geworden.

Thorben Harth

Wie Irrlichter tauchen Gedankenfetzen in seinem Kopf auf. Thorben versucht, ihnen zu folgen, sie festzuhalten kurz flackern sie auf und verschwinden wieder. Unruhig wälzt er sich hin und her, stöhnt ruhelos. Instinktiv weiß er, dass er nach etwas Wichtigem sucht. Abermals bäumt er sich auf. Da klingt etwas in seinen Ohren. Wie durch Watte kämpft es sich vom Gehör in sein Bewusstsein.

Ein leises Summen, eine Stimme, die seinen Namen ruft.

„Thorben bist du wach?"

Christina.

Epilog

Juni 2013

Christina Holzer

Vorsichtig tritt Christina die Erde um den frisch gepflanzten Rosenstock fest. Greift nach der Gießkanne und schwämmt die Erde ein. Die ungewohnte körperliche Arbeit hat sie ins Schwitzen gebracht. Ihr Rücken schmerzt. Christina kann sich nicht erinnern, welche Rose ihr Vater damals für sie ausgewählt hatte – diese trägt den Namen „Marie Curie". Das hätte ihm gefallen.

Ein Geräusch auf der Terrasse lenkt sie ab. Dort sitzt Thorben und wartet auf sie.

„Ich räume schnell auf, dann mache ich uns Kaffee."

Er nickt zustimmend. Sein ungewollt schiefes Lächeln rührt sie. Christina packt die Gartengeräte und bringt sie in den Schuppen. Seltsam, Marc, der es nie versäumte, ihr zu sagen, wie sehr er sie liebte, meinte es nicht ehrlich. Und die Liebesbeweise ihres Vaters betrachtete sie nie als solche und verkehrte sie ins Gegenteil. Lange hat es gedauert, bis ihr das klar geworden ist.

Die letzten Wochen waren anstrengend. Nicht nur wegen des Verkaufs der Kellerei. Trotzdem fühlt Christina sich so stark und lebendig, wie noch nie.

„Augenblicke des Glücks sind wie Seifenblasen. Sie umschließen uns, wir sehen die Welt in schillernden Farben, sie tragen uns davon", denkt Christina dankbar.

Der Kaufpreis der Kellerei deckt die Kosten für die Umbauarbeiten und die Pacht für die Gebäude wird für die laufenden Kosten reichen. Sie geht zurück zu Thorben und betrachtet von der Terrasse aus ihr Werk im Garten.

„Habe ich alles richtig gemacht?"

Christina liegt viel daran, dass der Stock wachsen und gedeihen wird. Schließlich steht er exakt an der Stelle, die ihr Vater ausgesucht hatte.

Thorben greift nach ihrer Hand und küsst sie.

„Du bist ja völlig durchgefroren“, erschrickt sich Christina über seine eiskalte Haut.

„Nisch schlimm“, meint Thorben.

Sofort meldet sich Christinas schlechtes Gewissen. Noch immer vergisst sie, dass Thorben von ihr abhängig ist. Ohne weiteren Kommentar schiebt sie den Rollstuhl ins Haus. Die Ärzte sind zuversichtlich, Thorben wird wieder vollständig gesund. Im Moment ist er linksseitig gelähmt und hat Schwierigkeiten beim Sprechen.

„Das Glück ist eine Seifenblase. Wenn du versuchst, es zu fassen, zerplatzt es. Du musst dich damit begnügen, es still zu genießen. Dich daran erfreuen. Und wenn du es zulässt, trägt es dich davon. Nur festhalten kannst du es nicht. Vertraue darauf, dass das Leben noch viele Seifenblasen bereithält.“

Lächelnd füllt Christina frische Bohnen in die Kaffeemühle.

DANKE

Zu aller erst möchte ich mich bei Ihnen bedanken. Dafür, dass Sie dieses Buch gekauft und gelesen haben. Die erste Fassung war etwa fünfzig Seiten kürzer. Die Ergänzungen habe ich meinen TestleserInnen Susanne, Claudia, Katja und Frank zu verdanken.

Ein Dankeschön an Rüdiger Heins und sein INKAS Institut für Kreatives Schreiben für das auf den Weg bringen. Und danke an alle Mitstudentinnen und -studenten.

Ein besonderer Dank geht an meine Lektorin und Korrektorin Gabi Kremeskötter, für ihre konstruktiven Anmerkungen und die anregenden Gespräche.

Herzlichen Dank an Nette, fürs gemeinsame Träumen und Freuen. Der erste Schritt ist getan. Ich hoffe, Du bist bereit für alles, was noch kommt.

Meiner Familie, besonders meiner Schwester Dunja, gilt der größte Dank – ohne viele Worte.

Fast alle im AAVAA Verlag erschienenen Bücher sind
in den Formaten Taschenbuch und
Taschenbuch mit extra großer Schrift
sowie als eBook erhältlich.

Bestellen Sie bequem und deutschlandweit
versandkostenfrei über unsere Website:

www.aavaa.de

Wir freuen uns auf Ihren Besuch und informieren Sie gern
über unser ständig wachsendes Sortiment.

AAVAA
ANDREA M. BEN SALAH
ÖKOTUSSI
AUF ABWEGEN
ROMAN

Andrea Beetz
Bei Landung Liebe
Liebesroman
AAVAA

HANNELORE
DECHAU-DILL
Das
Mädchen
Maria
Kirschblütenzeit
Band 1
ROMAN
AAVAA
VERLAG

Melanie
Hinz
Eine zweite Chance
für den
ersten Eindruck
Roman
AAVAA
VERLAG

AAVAA

VERLAG

www.aavaa-verlag.com